Le Livre de Poche Jeunesse

LES ENQUÊTES D'EMILY EVANS

Danger à l'horizon

Patricia Elliott

Férue de littérature historique, Patricia Elliott a grandi en Europe et en Extrême-Orient. Cette passionnée de lecture a toujours travaillé au beau milieu des livres. Elle a été successivement libraire jeunesse et éditrice. Elle donne aujourd'hui des cours d'écriture.

Du même auteur

- Les enquêtes d'Emily Evans - Tome 1 - L'héritière disparue

PATRICIA ELLIOTT

LES ENQUÊTES D'EMILY EVANS

Danger à l'horizon

Traduit de l'anglais (Royaume-Uni)
par Cécile Moran

Titre original :
A Connie Carew Mystery – The Ship of Spectres
(Première publication : Hodder Children's Books,
an imprint of Hachette Children's Group, 2015)

À Guillemette, avec tout mon amour

Plan du RMS Princess May au 1er jour

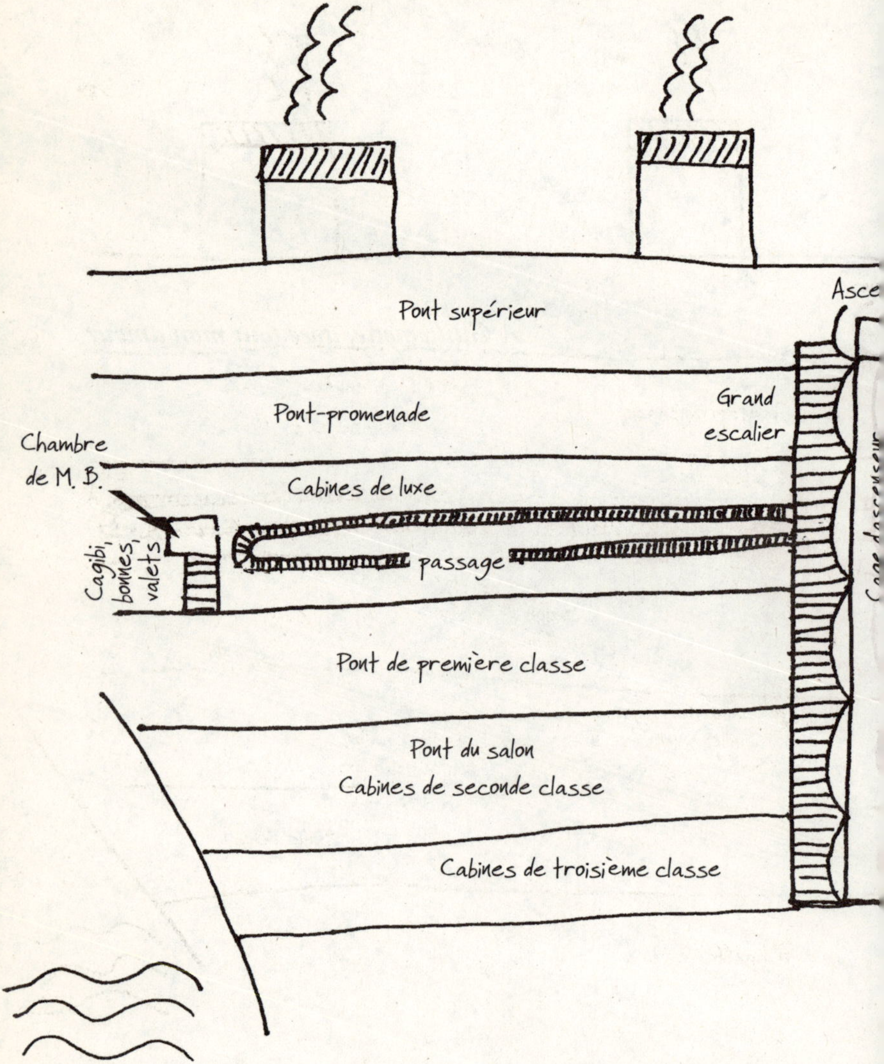

de son voyage inaugural, par Mlle Emily Evans

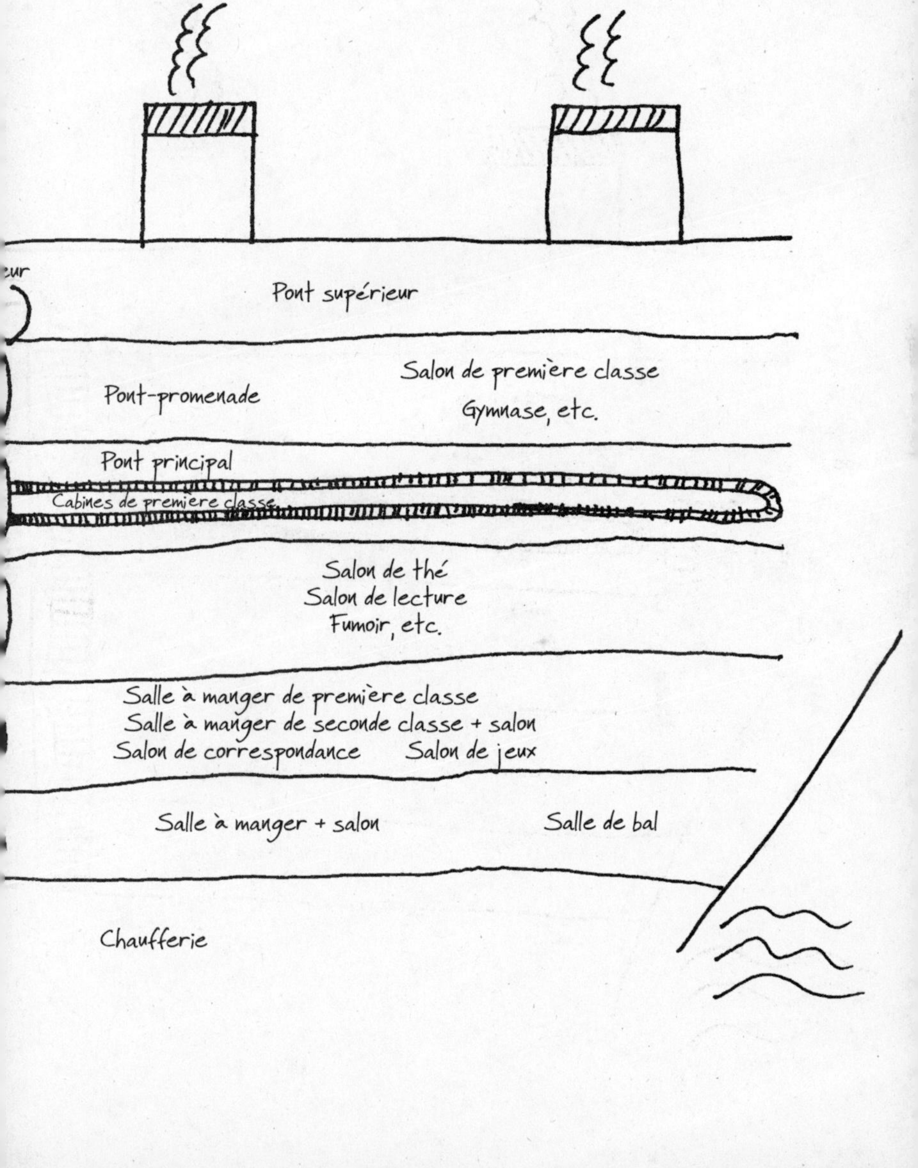

Tiré d'un des premiers cahiers de Mlle Emily Evans, anthropologue.

Parmi les personnes à bord du RMS Princess May
– voyage inaugural, août 1909 :

M. Waldo Bamberger, propriétaire de la compagnie de navigation Shining Seas
M. Louie Leblank, responsable des animations à bord
Mme Radmilla Oblomov, danseuse étoile des Ballets russes
Mme Cornelia Cartmell, propriétaire d'une chaîne hôtelière
Elmer Cartmell, son fils
Mme Muriel Pope, dame de compagnie de Mme Cartmell
M. Hiram Fink, riche financier
M. « Puncheur » Smith, journaliste
Mlle Verina Vane, actrice
Mlle Dolores Devine, actrice
Mlle Ida Fairbanks, héritière
M. Arthur Harker, étudiant en musique
Mlle Emily Evans

Chapitre I

C'était un dimanche après-midi paisible et ensoleillé de la fin du mois d'août 1909. Une jeune fille d'environ douze ans, perchée sur le pont supérieur du nouveau paquebot de luxe, le RMS *Princess May*, regardait les autres passagers de première classe embarquer. Elle s'appelait Emily Evans et s'apprêtait à prendre la mer en direction de New York pour le voyage d'une vie.

Ses deux tantes étaient venues de Londres jusque sur les quais de Southampton afin de lui dire au revoir, ainsi qu'à sa cousine Ida et au fiancé de cette dernière, Arthur. Le propriétaire du bateau les avait invités tous les trois à naviguer en première classe car Arthur devait jouer du piano à bord chaque soir à l'heure du dîner.

Lorsque Emily était montée sur la passerelle, sa tante Sylvie, un peu médium, lui avait soufflé à l'oreille :

– Fais attention à toi, ma chérie. Je pressens un danger !

Mais les prémonitions de Tante Sylvie n'impressionnaient pas Emily. Ouvrant la marche devant Ida et Arthur, elle avait levé les yeux sur les flancs courbes et étincelants du *Princess May*. Et elle avait souri.

Que pouvait-il arriver ?

Ida avait tenu à inspecter sa cabine sans tarder. Arthur, qui n'en revenait pas de sa chance et n'osait rien refuser à sa belle fiancée, l'avait suivie docilement, les bras chargés de boîtes à chapeau.

Emily, elle, avait décidé de rester à l'extérieur. Elle ne voulait pas louper une seule miette du spectacle qui se jouait dehors – c'était bien trop intéressant ! Alors elle était montée, tout en haut, jusqu'au pont supérieur, grâce à un de ces ascenseurs en verre qui vous donnent des frissons. Elle était seule, à l'exception d'une grande mouette qui observait la passerelle d'un air courroucé depuis le bastingage. Vus du sommet du navire, les passagers de première classe ressemblaient à une file de têtes dodelinant sous d'énormes chapeaux.

Au milieu du quai encombré par la foule, des photographes de presse mitraillaient deux filles aux bouches badigeonnées de rouge. Les flashes de Poudre à éclairs illuminaient leurs larges sourires et des petits nuages de fumée blanche s'envolaient vers le ciel bleu.

Avant de s'installer à bord, Ida les avait montrées du doigt à Emily en expliquant qu'il s'agissait de deux actrices en herbe, Dolores Devine et Verina Vane. Ida, qui aimait tout ce qui brillait et n'avait connu que la misère au cours de son enfance à l'orphelinat, avait trépigné d'excitation en apprenant que les comédiennes figuraient elles aussi parmi les invités de marque de M. Bamberger.

Puis les reporters aperçurent un homme en costume de ville, de grande taille, qui se hâtait de gagner la passerelle, tête baissée, comme pour éviter d'être reconnu.

– Monsieur Fink ! Quelles nouvelles de la Bourse de New York ? Auriez-vous des placements à nous conseiller en ce moment ?

M. Fink écarta les journalistes de son chemin sans ménagement. Derrière lui, la fanfare jouait le chant patriotique « Rule, Britannia ! » avec ardeur pendant que des stewards zélés, en uniforme d'été blanc, encourageaient les passagers à embarquer. Des grooms fendaient la foule à toute vitesse avec des chariots lestés de nombreux bagages, une nuée de mouettes ricanant au-dessus de leurs têtes.

Le vacarme se fit encore plus assourdissant quand M. Waldo Bamberger en personne, le propriétaire de la compagnie de navigation Shining Seas, se présenta sur le quai. Pendant qu'il examinait son magnifique paquebot tout neuf avec l'œil du professionnel, les journalistes laissèrent M. Fink et se ruèrent sur lui en se bousculant.

Au cours des mois passés, des portraits de M. Bamberger avaient inondé la presse, accompagnant les nombreux articles sur la mise à l'eau du *Princess May* : c'était un homme petit, trapu, avec un visage charnu, des yeux intelligents et une présence imposante. Malgré sa silhouette replète, il avait dans l'allure quelque chose de soigné et de pimpant.

Il avait rendu plusieurs visites à Arthur dans la maison de South Kensington, afin de discuter des morceaux que le jeune pianiste interpréterait pendant la traversée. C'est là qu'il avait fait la connaissance d'Emily. Après quelques discussions passionnantes portant, entre autres sujets, sur les pâtisseries de Cook, ils étaient devenus d'excellents amis.

Emily se pencha sur le parapet en bois et le salua de la main.

– Bonjour, monsieur Bamberger ! cria-t-elle, mais il ne l'entendit pas.

La fanfare s'interrompit un instant et les journalistes le bombardèrent de questions. Leurs voix s'élevaient, tranchantes, dans l'air chaud et immobile.

– Monsieur Bamberger ! On raconte que le *Princess May* est le bateau le plus rapide du monde ! Pensez-vous pouvoir battre le *Mauretania* dans la course au Ruban bleu ?

– Monsieur Bamberger ! Combien de célébrités y aura-t-il à bord ?

– Monsieur Bamberger ! Est-il exact que vous avez accordé l'exclusivité du reportage sur cette traversée à Puncheur Smith ?

M. Bamberger confirma d'un hochement de tête en regardant le reporter, mortifié qu'un journal concurrent ait décroché l'une des meilleures histoires de l'été. Son rédacteur en chef serait mécontent.

Le propriétaire du *Princess May* leva les mains dans un geste de protestation teinté de jovialité.

– Messieurs, allons, s'il vous plaît ! Vous gênez le passage ! Mes invités ne peuvent pas circuler.

Ignorant sa remarque, un journaliste l'interrompit d'un ton agressif :

– Est-il vrai qu'un mécanicien est tombé pendant l'assemblage du paquebot et que son corps n'a jamais été retrouvé ?

La foule se tut. Depuis le pont supérieur, Emily vit M. Bamberger se retourner avec une expression décontenancée. Il en oublia même de saluer une dame dont l'allure suggérait qu'elle n'était pas n'importe qui, et qui empruntait la passerelle à son tour, suivie d'une femme plus âgée et d'un garçon.

– Ce n'est pas un scoop ! répondit calmement M. Bamberger. Des accidents se produisent parfois sur les chantiers navals. À présent, si vous voulez bien m'excuser…

Sur ces mots, il remonta la passerelle de première classe à grands pas.

Deux autres voyageurs attirèrent l'attention d'Emily. Sur le quai, un homme poussait une vieille dame en fauteuil roulant. Elle était emmitouflée dans un plaid écossais, le visage dissimulé sous un chapeau à voilette. Un steward les escortait.

Pendant qu'elle les observait, une voix juvénile s'écria avec enthousiasme :

– Salut !

Emily se retourna en sursaut et tomba nez à nez avec un garçon aux yeux brillants d'excitation. La mouette s'envola, dégoûtée.

– Pardon de vous déranger, miss, mais je crois que nous sommes les seuls jeunes parmi les invités de M. Bamberger, alors je me permets de me présenter. Je suis Elmer *Cartmell*.

Il souligna son nom de famille comme si Emily était censée le connaître. Il avait l'accent américain et sa voix faisait les montagnes russes – elle grimpait dans les aigus pour aussitôt après dégringoler dans les graves. C'était assez déconcertant.

– Emily Evans, répondit-elle poliment.

Il semblait plus vieux qu'elle – il devait avoir dans les treize ans –, mais son physique n'était guère engageant, avec son menton boutonneux, ses cheveux gominés coiffés en toupet et sa tenue trop chaude, composée d'un pardessus et d'une culotte de golf. Emily transpirait rien qu'à le regarder, même si elle ne portait que sa robe matelot en lin. Il lui tendit une main molle et moite, l'air réjoui et plein d'espoir, apparemment convaincu qu'ils deviendraient les meilleurs amis du monde.

– Je t'ai vu embarquer, dit Emily.

Il hocha vigoureusement la tête en souriant.

– Tu étais avec… ta mère ?

– Ouaip ! Elle possède des hôtels à New York et à Boston. Ce sont des hôtels de grand standing et elle est très célèbre. Elle veut ouvrir le prochain à Londres. Elle est anglaise, mais mon p'pa est américain. Lui aussi, il est connu.

– Je n'ai jamais entendu parler d'eux, avoua Emily. D'un autre côté, je ne suis jamais allée en Amérique.

Elmer poussa un petit sifflement.

– Dis donc ! Pas une seule fois aux USA ?

Il la dévisagea comme un spécimen rare.

– Figure-toi que la plupart des filles anglaises de mon âge non plus, rétorqua-t-elle. Mais quand je serai grande, j'ai l'intention de beaucoup voyager. Je serai anthropologue.

Elmer pouffa de rire.

– Quoi ?

– Anthropologue. Une sorte de scientifique. Sauf qu'au lieu d'étudier la chimie par exemple, il étudie les humains. Les peuples humains du monde entier. J'ai déjà commencé, d'ailleurs.

Elmer parut inquiet.

– Génial !… Ça signifie que tu vas m'étudier ?

– Ça se pourrait, dit-elle avec désinvolture. À condition que tu sois assez intéressant.

Il secoua la tête et son toupet trembla.

– Tu devrais te pencher sur ma mère, lâcha-t-il en dérapant dans les aigus. C'est un cas.

Emily l'observa avec attention.

– À t'entendre, on croirait que tu ne l'aimes pas beaucoup.

Elmer, tête basse, donna un petit coup de pied dans le bastingage.

– Et ta mère à toi, elle est comment ?

– Elle est morte. Mon père aussi. Je vis avec mes deux tantes et ma cousine. Ida fait la traversée avec moi. Il y a aussi son fiancé, Arthur. Il va jouer du piano tous les soirs au dîner.

– Waouh, ben ça ! C'est chouette !

– Ton père est à bord ?

Il changea d'expression.

– Non. Mes parents ne vivent plus ensemble. Il possède une ligne maritime concurrente, la compagnie Poséidon. Je parie que m'man voyage sur le *Princess May* rien que pour l'embêter !

– Il t'a déjà offert un bateau ? demanda Emily. Il doit en avoir des tas.

– Seulement un voilier.

Tout de même, avoir son propre voilier ! Emily s'en serait contentée. Mais Elmer fixait le plancher du pont d'un air déprimé. Apparemment, la conversation était terminée.

– Je ferais mieux de rejoindre ma cousine et son fiancé, dit Emily. Je suis censée veiller sur eux.

Elmer retrouva le sourire.

– Pas de problème, miss Emily. Ravi d'avoir fait ta connaissance.

Les cabines de première classe étaient principalement situées au niveau du pont principal, deux étages plus bas, ce qui fournit à Emily un prétexte parfait pour reprendre l'ascenseur. Elle aurait adoré continuer à monter et descendre indéfiniment dans sa cage en verre, mais d'autres passagers se joignirent à elle en quittant le pont-promenade. Ils lui jetèrent un regard de reproche comme si, selon eux, tous les enfants devaient rester confinés dans leurs cabines jusqu'à l'arrivée à destination plutôt que de traîner dans les pattes des adultes.

Elle sortit dans un couloir rutilant : celui des chambres de première classe. Les numéros des cabines étaient indiqués par des chiffres en laiton sur les portes.

Les chaussures de pont à semelles souples que Tante Dorothea lui avait achetées en prévision du voyage couinaient sur le parquet ciré. De petites ampoules électriques brillaient aux murs ; l'air embaumait le luxe, l'encaustique, les meubles en acajou et la peinture fraîche.

Les tenues de croisière d'Ida, que celle-ci n'avait pas encore pris la peine de ranger, traînaient partout dans leur chambre, entre ses malles de voyage neuves qui prenaient une place incroyable. Heureusement, la pièce était grande, beaucoup plus grande que ce à quoi Emily s'attendait, et formidablement cossue.

La jeune fille ôta avec soulagement son canotier qui lui piquait le front et le jeta par terre. Elle fit rapidement le tour de la cabine en évitant de marcher sur les vêtements de sa cousine : elle examina le lavabo en porcelaine avec ses robinets en laiton – un pour l'eau chaude, l'autre pour l'eau froide –, la coiffeuse décorée d'un vase de fleurs fraîches qui se reflétait dans le miroir, le bureau équipé d'un coffret de papeterie estampillé RMS *Princess May* – il y avait même un cahier neuf qui semblait lui tendre les bras !

Elles avaient droit à une vraie fenêtre avec des rideaux au lieu d'un simple hublot. Emily jeta un œil au travers, mais on ne voyait pas grand-chose à part l'étendue bleue du ciel d'août.

– Et moi, où vais-je dormir ? demanda-t-elle d'un ton plaintif.

Le superbe lit en acajou et bronze doré d'Ida n'était clairement pas prévu pour deux. Arthur, assis au bout, regardait depuis un bon moment sa fiancée déballer toutes ses tenues de croisière. En réponse à la question d'Emily, il se leva vivement et, de son grand bras, tira sur un mur lambrissé. Surprise : ce n'était pas une cloison ! Il s'agissait d'une couchette habilement dissimulée, qu'on pouvait escamoter dans la journée afin de libérer de la place. Le lit était déjà fait, avec des draps de lin brodés et une couverture en laine couleur crème.

Emily, enchantée, bondit dessus plusieurs fois avant qu'Arthur ne le remette en place.

– Un superbe piano à queue m'attend dans la salle à manger, Emily ! s'enthousiasma-t-il. Je l'ai déjà essayé. Il doit y en avoir un autre dans la salle de bal !

Ida, épuisée, s'écroula sur son lit avec un soupir, froissant ses habits neufs.

– Ah ! Ces photographes sur le quai – qu'est-ce qu'ils m'ont harcelée ! Ils z'arrêtaient pas de m'interroger sur le montant de mon héritage. S'ils se figurent que je vais leur dire, ils se fourrent le doigt dans l'œil ! (Elle se redressa, les yeux brillants.) C'est rudement chic ici, pas vrai ? Vous vous rendez compte ?! Moi, une orpheline de Hammersmith, qui baigne dans le grand luxe ! Si un jour on me l'avait dit !

Dans ses moments d'excitation ou d'angoisse, Ida oubliait que Tante Dorothea lui avait appris à parler « comme il sied à une jeune femme de bonne famille » qui vient d'hériter d'une somme d'argent considérable.

– Vous êtes bien plus qu'une ancienne malheureuse de Hammersmith, Ida, lui dit tendrement Arthur. Et puis vous êtes ma fiancée maintenant !

– Vous n'allez pas recommencer à vous embrasser, quand même ? rouspéta Emily, écœurée.

Se bécoter était devenu leur activité favorite depuis quelque temps.

– Et si vous m'expliquiez plutôt d'où sort cette chose-là – ça n'appartient pas à Ida.

Elle désignait un vanity-case rond, en cuir vert sombre, posé dans un coin.

Ida secoua la tête.

– Il se trouvait par erreur parmi nos bagages. Je devrais le rendre au steward.

– Je vais y jeter un œil. Il y a peut-être une étiquette dessus.

Après un bref examen, Emily constata que l'extérieur ne comportait aucune indication. Alors qu'elle le retournait, ses doigts se prirent dans le loquet et le couvercle s'ouvrit brusquement. Elle découvrit à l'intérieur des petits compartiments garnis de soie couleur chair et remplis de sortes de crayons gras ; au fond du couvercle, niché dans une doublure en satin, il y avait un grand miroir articulé sur des bras métalliques. Fascinant…

– Oh, Emily ! gronda Arthur. On ne fouille pas dans les affaires personnelles des gens.

– Je n'ai pas fait exprès !

– N'est-ce pas adorable ? s'exclama Ida en tirant le miroir pour se regarder dedans.

Arthur ne put résister à l'envie de s'approcher lui aussi.

– C'est du maquillage de scène, affirma-t-il.

Ayant travaillé au Royal College of Music, où il accompagnait au piano les répétitions de plusieurs compagnies artistiques, il en connaissait un rayon.

Emily referma le vanity puis, sur une inspiration soudaine, le souleva au-dessus de sa tête. Sur le fond était collée une étiquette de la compagnie Shining Seas : « Cab. 55 ».

Elle se leva d'un bond.

– Je le rapporte à son propriétaire.

Le numéro 55 était situé plus loin dans le couloir. Le fauteuil roulant qu'elle avait aperçu plus tôt, à présent débarrassé de son occupante, attendait devant la porte. Elle hésita, puis toqua.

Une voix féminine drôlement intimidante répondit :

– *Niet !* Pas question !

Un homme ouvrit et passa la tête dans l'entrebâillement. Emily reconnut le monsieur qui poussait le fauteuil sur le quai. Il semblait usé et tracassé. Il fronça les sourcils.

– Pas d'inquiétude, Radmilla : ce n'est pas la presse, cria-t-il par-dessus son épaule.

Lorsqu'il reconnut le vanity-case, son expression s'adoucit.

– Un groom l'a apporté dans notre cabine par erreur, expliqua Emily. Je crois qu'il appartient à votre femme.

Il le prit des mains de la jeune fille et murmura :

– Je te suis très reconnaissant. Elle me faisait de ces scènes depuis qu'il avait disparu ! Elle est terrifiée à l'idée que des journalistes apprennent qu'elle est à bord. Ça ira mieux dès que le bateau aura quitté Southampton. Sinon, ajouta-t-il avec un clin d'œil, je ne suis que son habilleur, pas son mari. Personne ne m'a invité sur ce paquebot, moi – je ne suis pas assez important !

Imaginez, avoir une personne rien que pour vous habiller ! Mais parfois les vieilles dames avaient besoin d'aide pour boutonner leurs vêtements, Emily le reconnaissait. Pendant qu'elle réfléchissait à cette question, un visage apparut derrière le monsieur – un visage pas vieux du tout, à peine ridé et d'une beauté éblouissante, avec des pommettes hautes et de grands yeux soulignés d'un trait noir.

Emily le contempla avec stupéfaction. Était-ce la femme qui se cachait sous le plaid ? Si elle fuyait les journalistes, elle devait être célèbre, elle aussi – comme, apparemment, tout le monde à bord du *Princess May*.

Avant qu'elle ait pu poser la moindre question, le beau visage s'était retiré. L'habilleur fit de même, après un bref hochement de tête en guise de merci.

Pendant qu'Emily regagnait sa cabine, le tintement strident d'une sonnerie électrique retentit dans le couloir. Une voix déclara que le *Princess May* s'apprêtait à entamer sa traversée inaugurale et que les personnes accompagnant les passagers devaient immédiatement retourner à quai. Puis, quelque part, dans les entrailles du bateau, les turbines se mirent à gronder.

Le voyage le plus excitant de la vie d'Emily allait enfin commencer !

Chapitre 2

Le paquebot propulsé par les turbines à vapeur descendit l'estuaire de Southampton Water et contourna l'île de Wight, laissant les cris perçants des mouettes loin derrière lui. Il n'y avait désormais plus rien autour du *Princess May* qu'une mer d'huile qui se déployait jusqu'à l'horizon de tous côtés, perturbée seulement par quelques rares et minuscules franges blanches.

Une sonnerie résonna de nouveau : les passagers étaient convoqués pour recevoir les consignes de sécurité.

Emily, Ida et Arthur montèrent le grand escalier en direction du salon de première classe, un étage plus haut, sur le pont-promenade.

– Tout est si immense, je ne m'y retrouverai jamais ! s'écria Ida. C'est encore pire que chez Harrods !

– Je te dessinerai un plan, proposa Emily.

Elle maîtrisait déjà plus ou moins l'agencement général du bateau et avait exploré de fond en comble le pont principal où se trouvait leur cabine, ainsi que celles des autres invités de marque de M. Bamberger et du reste des voyageurs de première classe. La chambre de M. Bamberger elle-même se situait tout au bout du passage, à l'endroit où il formait une boucle avant de rejoindre le palier de l'ascenseur grâce à une coursive parallèle. De ce côté-ci, pas de cabines de luxe, mais une série de portes closes.

Sur les trois premières on lisait : « Local de service », « Réservé aux stewards », et « Réservé aux grooms ». On entendait du bruit dans les deux dernières et Emily avait jugé plus sage de ne pas pousser plus loin son investigation.

Les suivantes étaient encore plus mystérieuses. Des étiquettes soigneusement écrites à l'encre noire et fixées par des punaises précisaient : « Femme de chambre de la comtesse de Yarborough », ou encore « Valet de M. Fink ». Le silence régnait dans cette partie-là du couloir et les portes n'étaient pas fermées à clé. En risquant un coup d'œil à l'intérieur, Emily avait découvert non des cabines, mais de curieux réduits équipés d'éviers, de planches à repasser, de présentoirs à cirages et d'étagères chargées de tasses et de soucoupes.

Le salon de première classe où avait lieu l'exposé des consignes de sécurité était immense et somptueux. Des panneaux de plâtre décorés de fleurs et d'oiseaux exotiques recouvraient les murs. Le jour s'y déversait à flots grâce à un vaste puits de lumière qui occupait une grande partie du plafond.

Emily, Ida et Arthur s'assirent à une petite table ronde. Émerveillés, les mirettes écarquillées, ils tentaient de dissimuler leurs sourires béats et d'adopter l'attitude détachée des habitués de la première classe.

– Quel luxe, c'est fou ! s'écria Ida. Et tout cela grâce à vous, Arthur chéri ! (Elle s'enfonça confortablement dans son fauteuil.) Je ne dirais pas non à une tasse de thé !

– Du thé, madame ?

Un homme se pencha avec empressement. Il était impeccable du sommet du crâne jusqu'à la pointe de ses chaussures en cuir verni. Ses cheveux bruns étaient si lisses et si brillants qu'ils donnaient l'impression d'avoir été peints sur son cuir chevelu. Il avait un visage surnaturellement pâle et marqué de profondes rides.

– Permettez-moi de me présenter, dit-il d'une voix onctueuse comme du miel. Louie Leblank, le responsable des divertissements à bord. (Il claqua des doigts à l'intention d'un steward.) Du thé pour trois personnes… et une assiette de cookies pour la petite, ajouta-t-il en regardant Emily.

Emily détestait qu'on l'appelle « petite », mais elle avait faim.

Louie Leblank les salua d'une courbette et partit s'occuper des autres passagers. Le salon de réception se remplissait à vue d'œil.

Pendant qu'Ida et Arthur se regardaient dans le fond des yeux, éperdus d'amour, Emily grignota les cookies (qui étaient, elle l'apprit à cette occasion, de délicieux petits biscuits) en observant les invités de première classe.

Elle identifia le financier, Hiram Fink, qui déboula avec sa mallette, sans un coup d'œil pour personne, et s'assit tout seul dans un coin. Il sortit quelques papiers qu'il se mit aussitôt à étudier. De sa place, Emily voyait son froncement de sourcils concentré.

Elle reconnut aussi les pommettes hautes et l'allure exotique de la femme qui était montée à bord incognito, laquelle s'installa à l'écart de la lumière.

– Là ! C'est la dame de la cabine 55 !

– Quoi ? fit Arthur en s'arrachant avec peine à l'azur des yeux d'Ida.

– La propriétaire du vanity-case ! dit Emily avec impatience.

Arthur fixa la femme, bouche bée.

– Mais c'est Radmilla Oblomov, une danseuse étoile de l'immense compagnie de Diaghilev, les Ballets russes !

Ces mots n'évoquaient rien à Emily, ni à Ida, mais Arthur rosit d'émotion.

– Je me demande si j'aurai l'occasion de l'accompagner au piano. Ce serait un tel honneur !

Il couva la ballerine d'un regard plein d'admiration et d'envie.

– Miss Emily !

Elmer Cartmell arriva à son tour, au côté de celle qui devait être sa mère. Mme Cartmell s'était parfaitement poudrée, ravalée et coiffée ; elle dégageait un parfum d'eau de Cologne, d'autorité et de richesse. Sa tenue en soie lavande pâle témoignait du meilleur goût, comme l'aurait confirmé n'importe quel connaisseur en matière de mode vestimentaire.

Elle toisa Emily, ses anglaises relâchées et sa robe matelot couverte de miettes.

– Est-ce la jeune fille dont tu m'as parlé, Elmer ?

Le garçon cligna des yeux nerveusement.

– Oui, m'man. Mlle Emily Evans.

L'intéressée se mit debout et tendit la main.

– Appelez-moi Emily.

Mme Cartmell bouda son geste ; Emily jura même la voir retrousser les lèvres avec mépris avant de poser ses yeux perçants sur Ida et Arthur.

Ida lui adressa un charmant sourire en se levant avec une grâce languide.

– Mlle Ida Fairbanks. J'suis rudement contente de vous rencontrer.

Mme Cartmell écarquilla les yeux en entendant le nom « Fairbanks » (désormais célèbre dans tout Londres), puis en remarquant la beauté incontestable de la jeune femme, mise en valeur par une superbe robe. Avec sa taille haute et sa jupe étroite à la dernière mode, elle portait la patte de M. Paul Poiret, un couturier français renommé.

– Quel plaisir de faire votre connaissance, mademoiselle Fairbanks, dit-elle, un peu essoufflée. J'ai lu beaucoup de choses sur vous dans les journaux…

Elmer se redressa fièrement, éclaboussé par la gloire de ses relations.

– Oh, la presse ! Croyez pas un mot de ce qu'ils écrivent ! s'écria Ida. C'est rien que des gros menteurs, tous autant qu'ils sont !

– Est-il vrai que vous êtes fiancée, mademoiselle Fairbanks ? s'enquit Mme Cartmell, soudain familière. Votre fiancé voyage avec nous, si j'en crois les articles. (Elle chercha autour d'elle.) Vous avez un chaperon à bord, je présume ?

Emily fit un pas en avant.

– C'est moi.

– Tu plaisantes ? Tu n'es qu'une enfant !

– Emily veille toujours sur Arthur et sur moi, déclara Ida.

– Arthur ?

Celui-ci se leva d'un bond.

– Arthur Harker. Enchanté.

Malgré ses vêtements miteux, il était élégant et ses manières étaient irréprochables, estimait Emily. Elle adorait son cher professeur de piano. Leur amitié datait de bien avant leur rencontre avec Ida.

– Nous ne nous marierons pas avant au moins un an, expliqua gaiement Ida. Arthur n'a pas terminé ses études, voyez-vous.

– Ses études ? s'étrangla Mme Cartmell, de plus en plus scandalisée. Mon Dieu…

Elmer se mordit la lèvre.

– Il étudie la musique, précisa Ida, comme si cela faisait toute la différence.

Mme Cartmell lâcha un petit rire sec et sans joie.

– Eh bien, je suppose que vous pouvez vous permettre d'épouser un sans-le-sou, mademoiselle Fairbanks !

Emily, déterminée à convaincre Mme Cartmell des qualités d'Arthur, protesta :

– Il n'est pas un « sans-le-sou » ! C'est un pianiste de génie. Bientôt le monde entier se l'arrachera. M. Bamberger ne s'y est pas trompé !

Une grande main se posa sur son épaule et une voix profonde marmonna :

– Qui se permet de parler en mon nom ? Ah, c'est toi, Emily !

– Bonjour, monsieur Bamberger. Votre bateau est sensationnel !

– Voilà qui fait plaisir à entendre ! J'espère que tu te sens comme à la maison.

– À la maison ? On dirait plutôt un hôtel géant !

– C'est sûrement le bateau de croisière le plus grand du monde ! renchérit Ida.

M. Bamberger sourit.

– Ils vont bientôt en construire un qui sera proprement… titanesque ! (Le regard d'acier de Mme Cartmell le refroidit.) Vous êtes bien installée, Cornelia ? Je sais combien vous êtes exigeante.

– En effet ! Il y a une ou deux choses dans ma cabine qui mériteraient d'être améliorées dans la perspective de futurs voyages. Puis-je vous en toucher un mot, Waldo ?

À ce moment-là, un steward leva la main pour réclamer le silence.

– Plus tard, Cornelia, répondit M. Bamberger avec soulagement. L'exposé des consignes de sécurité va commencer.

Mme Cartmell pencha la tête sur le côté d'un air faussement séducteur et désigna Leblank, qui distribuait les gilets de sauvetage.

– Permettez-moi d'insister… Peut-être pourriez-vous me dire ce que fait cet homme à bord de votre navire ? Il travaillait pour mon mari jusqu'à récemment. L'auriez-vous volé, Waldo ?

– Pas du tout. Votre mari s'apprêtait à le licencier au motif qu'il devenait trop vieux pour cet emploi. J'ai simplement voulu lui donner une seconde chance.

Mme Cartmell haussa ses sourcils parfaitement dessinés sans autre commentaire. Elle accepta enfin de s'asseoir avec Elmer et prit le gilet de sauvetage qu'on lui offrait. M. Bamberger profita de l'occasion pour s'enfuir.

– Où est Mme Pope ? grommela-t-elle tandis qu'un mégaphone crachait les premières instructions. Je n'aurais jamais dû la prendre avec nous !

Ensuite elle gronda son fils qui avait mal noué les sangles de son gilet. Ce fut la seule fois où elle lui adressa directement la parole. Il semblait déconfit et Emily ne put s'empêcher d'éprouver de la peine pour lui.

Les gilets de sauvetage étaient en toile, attachés par des lanières sur les côtés, avec des morceaux de liège cousus à l'intérieur de longues poches afin d'assurer la flottabilité. Chacun enfila le sien et Emily pouffa de rire. Les passagers ressemblaient maintenant à des gros bébés avec leurs bavoirs !

– Vous feriez mieux d'écouter, dit sévèrement Cornelia Cartmell à la table voisine. Il y a eu un accident épouvantable sur un paquebot de la compagnie White Star Line en janvier dernier. Il a coulé après une collision avec un autre paquebot !

Louie Leblank surgit de nulle part, pile au bon moment – ce qui semblait être une habitude chez lui.

– Mais grâce à l'appel de détresse émis sur l'appareil radio, aucune vie n'a été perdue, affirma-t-il de sa voix suave. Rassurez-vous, le *Princess May* est aussi équipé du nouvel appareil radio du signor Marconi.

Lorsqu'il reconnut Mme Cartmell, l'embarras se peignit sur ses traits. Ses joues pâles se colorèrent légèrement. Puis, presque aussi vite, il reprit son self-control.

– Quel plaisir de vous revoir, madame. J'ai lu votre nom sur la liste des invités, bien sûr, et je me réjouissais à l'avance de vous retrouver.

Emily nota qu'Elmer se renfrognait sur sa chaise.

– J'en doute, répliqua Cornelia Cartmell. Alors vous avez sauté d'un bateau à l'autre !

Une dame âgée s'approcha d'un pas hésitant, interrompant leur conversation – à la grande satisfaction de Leblank. Elle était légèrement voûtée et assez disgracieuse. Sa longue jupe pendait mollement ; une broche ternie ornait son chemisier. Quelques cheveux cendrés, striés de gris, s'échappaient de son chignon vieillot. Elle paraissait incolore, songea Emily, comme si elle voulait se fondre dans le décor. Il devait s'agir de Mme Pope, la dame de compagnie de Mme Cartmell.

– Je suis navrée, madame Cartmell, dit-elle en s'entortillant les doigts.

– Où étiez-vous passée, Muriel ? Vous êtes très en retard !

– Je me suis perdue.

Mme Cartmell leva les yeux au ciel et Muriel Pope se mit à trembler.

– Ce n'est rien, madame Pope, la consola Louie Leblank. Il nous reste un gilet. Je savais bien que nous n'étions pas au complet. Je vais le chercher avant qu'on ne vous donne les consignes sur les canots de sauvetage.

Elmer se pencha vers Emily.

– Tu ne voudrais pas aller explorer le bateau ? On s'embête ici.

– Elmer ! tonna sa mère. Il n'est pas question que tu bouges de ta chaise, tu comprends ?

– Oui, m'man.

Sa rébellion n'avait pas fait long feu. Il se ratatina, boudeur mais obéissant, en jetant un regard désespéré à Emily.

Elle compatissait. Malheureusement, elle avait promis à Tante Dorothea de veiller sur Ida et Arthur qui, livrés à eux-mêmes, ne valaient rien et passaient leur temps à se faire des mamours.

Par chance, un incident extraordinaire les sauva de l'ennui.

Tandis que le steward s'apprêtait à indiquer les emplacements des canots, Muriel Pope se leva avec une expression horrifiée. Son hurlement perçant résonna dans tout le salon.

Un liquide dégoulinait sur le devant de son gilet de sauvetage et gouttait sur sa jupe démodée. Il était horriblement sombre et poisseux… comme du sang.

Chapitre 3

Louie Leblank accourut, la bouche grande ouverte, tel un poisson hors de l'eau.

– Ma chère madame Pope !

Arthur se joignit à lui.

– Oh, mon Dieu ! Puis-je vous aider ? Madame Pope, est-ce que vous allez bien ?

– Évidemment que non ! répliqua Mme Cartmell, l'air vexé, comme si Mme Pope lui faisait honte. Passe mes sels à cette femme, Elmer !

Elle sortit un petit flacon de son sac à main.

Pendant ce temps, Muriel Pope se débarrassait fébrilement de son gilet de sauvetage dégoûtant. Elle le jeta par terre en frissonnant avant de se rasseoir. Elle n'était pas mourante, d'après Emily, mais visiblement choquée. Elmer, stupéfait, tenta de lui offrir les sels volatils de sa mère. Elle les repoussa.

– Dois-je appeler le médecin de bord ? demanda Louie Leblank.

– Non – non, merci. Je vais très bien, je ne suis pas blessée du tout. Je suis terriblement désolée de provoquer un tel remue-ménage, dit-elle avec un sourire navré.

Arthur ramassa le gilet avec précaution et l'examina.

– Quelqu'un a glissé une fiole de mazout dans une poche à la place du liège. Elle a dû se casser quand vous avez serré la lanière.

– Je crois que la toile s'est prise dans votre broche, dit Emily.

Bien sûr, personne ne l'écouta.

– Ce n'est qu'une mauvaise plaisanterie, avança Louie Leblank. Sûrement un coup d'un groom. Je leur dirai deux mots. Laissez-moi m'en occuper.

Il s'empara du gilet et donna l'ordre de nettoyer. Un brouhaha de conversation emplit le salon de réception. Personne ne savait exactement ce qui s'était passé, mais tout le monde était curieux d'obtenir des détails. La rumeur enfla au milieu d'un malaise de plus en plus palpable.

Le steward s'affairait. Il offrait boissons chaudes apaisantes et parts de gâteau. Peu à peu les passagers se calmèrent, les emplacements des canots de sauvetage furent enfin donnés et le salon se vida à mesure qu'on partait s'habiller pour le dîner. Une tasse de thé noir frappé bien sucré requinqua Mme Pope.

– Je crois que je vais aller me laver et me changer, si vous permettez, dit-elle humblement à Mme Cartmell, qui hocha la tête avec dédain.

Emily, Ida et Arthur se retrouvèrent bientôt seuls. Arthur réfléchissait à voix haute.

– Curieux… Le mazout était contenu dans une de ces fioles qu'on utilise au théâtre. En général, elles sont remplies de faux sang.

– Mais qui voudrait jouer un sale tour à cette pauvre Mme Pope ? demanda Ida.

– C'est tombé sur elle par hasard, supposa Emily. N'importe quel autre retardataire aurait pu se retrouver avec le dernier gilet de sauvetage.

– À ce propos, si nous n'y prenons pas garde, c'est nous qui allons être en retard. Pour le dîner. Il me faut au moins une heure pour me changer !

Y avait-il déjà un mystère à résoudre à bord du *Princess May* ? Emily était d'humeur songeuse lorsqu'ils entrèrent dans la splendide salle à manger de première classe.

Radmilla Oblomov possédait des fioles en verre dans son vanity-case. On imaginait mal la danseuse faire des blagues potaches, mais comment un groom aurait-il pu se procurer un tel objet ? Il y avait aussi les deux actrices, Verina Vane et Dolores Devine, qu'on pouvait suspecter à cause de leur métier.

Emily s'assit avec Ida et Arthur à la table de Waldo Bamberger, en compagnie des autres invités spéciaux, au fond de la grande salle. Des miroirs en pied aux cadres dorés, colorés de façon à donner un teint de pêche aux peaux même les plus ternes, reflétaient les soies éclatantes et les mousselines délicates des dames, ainsi que le blanc éblouissant des smokings. Le parfum lourd des lis cultivés en serre chaude masquait les odeurs de nourriture. Les lustres au plafond faisaient resplendir l'argenterie et les coupes en verre taillé sur les tables couvertes de nappes en lin.

Emily se sentait horriblement guindée dans sa plus jolie robe de mousseline, serrée à la taille par une ceinture en tissu. Ida lui avait fait un gros nœud dans le dos qui la gênait pour s'appuyer contre le dossier de sa chaise. En plus, elle mourait de faim ; les cookies lui paraissaient déjà un lointain souvenir.

On leur servit d'abord une terrine originale avec ses toasts. Elle était si succulente qu'Emily l'engloutit en un rien de temps. Puis elle regarda autour d'elle avec intérêt. Elle avait toujours été fascinée par les gens et elle avait tendance à remarquer ces petits détails que beaucoup ne voyaient pas. Elle surveillait particulièrement Radmilla Oblomov, installée à gauche de M. Bamberger, et vêtue d'une splendide robe à franges cramoisie avec un turban à plume.

Hiram Fink semblait plus grincheux que jamais, étranglé par sa cravate blanche comme Emily l'était par son col boutonné. À croire qu'il n'était heureux qu'avec des colonnes de chiffres sous les yeux.

Mme Cartmell, gratifiée de la place d'honneur à la droite de M. Bamberger, arborait un air digne et une robe en soie brodée grise, avec une étole en fourrure de renard autour du cou. Arthur, intimidé, n'en finissait pas de rougir à côté de Radmilla. Ida, à l'autre bout de la table, les épiait jalousement. Le jeune pianiste étant trop ému pour adresser la parole à son idole, il conversait avec son autre voisine, Muriel Pope, à qui il demanda d'un ton courtois si elle s'était bien remise de l'incident avant de lui passer le sel pour la soupe.

Emily était coincée entre Elmer et un homme au teint grisâtre et aux joues flasques. Il avait une voix brusque, des poches sous les yeux et il empestait le tabac. Il se présenta sous le nom de Puncheur Smith – il s'agissait du journaliste invité par M. Bamberger pour écrire un reportage sur la traversée.

– Ma chère madame Pope, dit justement ce dernier. Je vous présente toutes mes excuses. J'ai entendu parler de ce qui s'est passé cet après-midi. Nous trouverons ce mauvais plaisantin, ne vous inquiétez pas.

– Je suis parfaitement remise, monsieur Bamberger, je vous assure, affirma Muriel Pope, troublée d'être au centre de l'attention.

– Tant mieux, madame Pope. Nous remplacerons vos vêtements abîmés à nos frais. New York regorge d'excellents magasins. Vous savez que l'enseigne Selfridges a été créée par un Américain ?

Muriel Pope hocha nerveusement la tête.

– Je n'y suis jamais allée, mais je suis sûre que c'est très bien.

– Oh oui ! s'écria Ida – qui faisait déjà autorité sur les boutiques de Londres, quelques semaines à peine après avoir hérité.

Des petites bulles de conversation se formaient, puis éclataient autour de la table. Emily les écoutait tout en mangeant – elle se régalait !

Entre les plats, le pauvre Arthur devait se lever et jouer les airs les plus populaires du moment. Les gens parlaient par-dessus sa musique sans aucune considération. Quelle grossièreté !

– Ça n'aide pas à digérer, plaisanta-t-il avec Muriel Pope en revenant s'asseoir, les joues enflammées.

Il venait d'exécuter un ragtime compliqué.

– M. George M. Cohan a promis de m'auditionner en personne pour sa nouvelle comédie musicale, confia une des comédiennes.

– À nous Broadway ! répondit son amie en gloussant.

Elles étaient très jolies : l'une brune, l'autre blonde, avec des lèvres pulpeuses écarlates, un vernis à ongles assorti, des sourcils fins et arqués. Elles portaient des tuniques et les derniers jupons de mousseline à la mode, respectivement bleu pâle et jaune citron, avec des bandeaux de couleur identique.

– Diaghilev, il a une peurrr bleue de l'eau, *da* ? expliquait Radmilla à M. Bamberger, en roulant les *r* à la russe. Je ne pouvais pas lui refuser d'aller à New Yorrrk à sa place. Mais il s'agit… comment dites-vous… d'une mission top secrète ? Il ne veut pas que cela s'ébruite.

Elle jeta un coup d'œil méfiant en direction de Puncheur Smith. M. Bamberger la rassura en posant sa main sur la sienne.

– Ne vous inquiétez pas, ma chère. Smith a reçu des instructions strictes.

Emily tourna la tête vers le journaliste. Ses doigts puissants, serrés sur sa fourchette, menaçaient de tordre le manche d'argent – ils auraient sans doute cassé net un stylo, en tout cas. Il contemplait Radmilla avec une expression qui ressemblait à de l'admiration.

– Avez-vous pratiqué la boxe ? se renseigna-t-elle poliment, histoire de faire la conversation.

– La boxe ?! répéta-t-il. Diable non ! Pourquoi cette question ?

– Vous avez un physique de boxeur, c'est tout.

Emily craignit de l'avoir vexé. Il la dévisagea.

– Tu vas souvent voir des combats ?

– Ben non, admit-elle. Ce serait très intéressant, malheureusement je ne pense pas que mes tantes seraient d'accord. Mais je ne comprends pas… Pourquoi vous surnomme-t-on « Puncheur » ?

– D'habitude, c'est moi qui pose les questions. Si tu veux tout savoir, jeune demoiselle, c'est parce que mes articles sont percutants – ils frappent fort. J'ai la réputation de dire la vérité et de faire mouche. Mes lecteurs respectent ça.

Elle s'apprêtait à lui dire qu'elle aussi était attachée à découvrir la vérité – à la manière d'une scientifique, bien sûr – quand l'arrivée du plat de poisson interrompit leur discussion. Smith se tourna vers Ida avec un certain empressement.

Emily s'aperçut qu'Hiram Fink la foudroyait du regard.

– De mon temps, Waldo, les enfants n'étaient pas autorisés à dîner à la table des adultes. Encore moins à bavasser.

– Je n'ai pas le choix, expliqua calmement Emily. Je suis le chaperon de Mlle Fairbanks, voyez-vous.

Elle ignora la quinte de toux de M. Fink et les ricanements des deux comédiennes. Mme Cartmell marmonna, assez fort pour que tout le monde l'entende :

– Scandaleux ! Il n'est pas question que ces individus mettent un pied dans mes hôtels !

– Emily est une enfant très spéciale, Hiram, déclara M. Bamberger. De même qu'Elmer, s'empressa-t-il d'ajouter en voyant Mme Cartmell se hérisser.

– Je ne considère plus Elmer comme un enfant, rétorqua-t-elle. Il est mon assistant, en quelque sorte. N'est-ce pas, mon chéri ? Il ne me quitte jamais.

Elmer se mordit la lèvre, les yeux rivés sur son assiette.

On savoura le saumon poché. Les adultes prenaient un temps fou pour manger. Des rires tintaient au bout de la table où M. Bamberger, légèrement éméché, devenait plus chaleureux à chaque nouvelle gorgée de vin. Même les traits sévères, comme taillés à la serpe, de Radmilla se détendirent. Seule Mme Cartmell ne parvenait pas à se dérider. Les commissures de ses lèvres restaient décidément tirées vers le bas dans une moue amère.

Son fils Elmer se tenait bien droit, sage et silencieux, le crâne surmonté de son toupet impeccable. Il portait une version miniature du costume deux pièces blanc, avec queue-de-pie et cravate, de ces messieurs. De temps en temps, Emily notait qu'il observait sa mère avec anxiété.

Puncheur Smith et Ida étaient à présent en grande conversation. Ida écarquillait ses beaux yeux bleus en jouant avec la nourriture. Emily priait pour qu'elle se montre discrète. Il ne manquerait plus qu'elle lui dévoile tout le feuilleton de l'héritage des Fairbanks. Ils avaient eu assez d'ennuis avec les journalistes récemment.

Elle soupira en dévorant son poulet Maryland. Surveiller à la fois Ida et Arthur, c'était beaucoup de responsabilités.

– Mais c'est affreux, monsieur Smith ! s'exclama Ida. Vraiment ?… Oh, quelle histoire tragique !

M. Bamberger avait l'ouïe fine.

– Smith ! cria-t-il, jovial. De quelle histoire s'agit-il ?

– Je racontais à Mlle Fairbanks la mort de ce pauvre mécanicien, Waldo. Souvenez-vous que je n'ai pas écrit une ligne à ce sujet, à votre demande.

Les traits doux et souriants de M. Bamberger se durcirent.

– Et j'apprécie le geste, Smith.

Une des actrices se pencha en battant des cils.

– Oh, racontez-nous, monsieur Bamberger. Cette affaire semble bien mystérieuse. Que s'est-il passé exactement ?

La tablée fit silence, bientôt imitée par ses voisines. Les dîneurs reposèrent leurs succulents morceaux de poulet et tendirent l'oreille, intrigués.

M. Bamberger soupira, comme las de devoir encore raconter la même histoire.

– Ainsi que vous le savez tous, le *Princess May* a été construit à Southampton. Il avait quitté la cale de lancement et il était à flot. Il ne restait que quelques travaux à réaliser sur la superstructure. Le garçon en question se trouvait sur une plateforme suspendue accrochée à un portique, en train de fixer les derniers boulons sur un flanc du bateau. Il a dû perdre l'équilibre. Peut-être qu'il a eu le vertige. Toujours est-il qu'il est tombé et qu'il ne savait pas nager. Des hommes ont tenté de lui porter secours…

Puncheur Smith l'interrompit.

– Mais ils n'ont retrouvé que sa salopette jaune, flottant à la surface de l'eau au milieu d'une flaque de mazout. N'est-ce pas, Waldo ? Le corps a disparu.

M. Bamberger confirma d'un air sombre.

– Ce genre d'accident n'est pas exceptionnel pendant la construction d'un bateau.

– Il n'avait que quinze ans, ajouta Puncheur Smith. C'était son premier emploi.

– Je l'ignorais. Mon contremaître s'était chargé du recrutement. Tous les ouvriers se réjouissaient de travailler sur un chantier comme celui-ci.

– Le portique ne présentait donc pas de défaut, d'après vous ?

Waldo Bamberger vira au rouge grenat, mais il répondit tranquillement :

– Je vous saurais gré de ne pas répandre de fausses rumeurs, Smith. Ce sont des foutaises et vous le savez.

Puncheur Smith encaissa le coup avec la bouche pincée et la mine pugnace. Emily se demanda pourquoi il abordait un sujet aussi épineux, et avec un tel manque de délicatesse, alors qu'il voyageait aux frais de M. Bamberger.

L'atmosphère joyeuse et légère s'était dissipée. Radmilla Oblomov jouait avec les franges de sa robe, le regard noyé dans son vin. Hiram Fink fixait Smith avec colère. Les deux actrices échangeaient des coups d'œil entre elles, médusées. Cornelia Cartmell faisait la moue.

– Pauvre garçon, murmura Ida.

— CHAPITRE 3 —

Muriel Pope avait les larmes aux yeux : elle semblait totalement bouleversée. Sa fourchette et le bord de son assiette s'entrechoquaient entre ses mains tremblantes lorsqu'elle balbutia :

– J'espère que sa mort ne portera pas malheur au navire, monsieur Bamberger !

Chapitre 4

Aucun scientifique digne de ce nom n'était superstitieux – par conséquent, Emily décida qu'elle ne le serait pas non plus. Le commentaire de Muriel Pope provoqua un silence interloqué à table, mais personne ne sembla le prendre trop au sérieux.

Les invités retrouvèrent leur flegme et leur bonne humeur, et M. Bamberger escorta Ida en personne jusqu'à la salle de bal où Arthur continuait à jouer avec maestria. La jeune femme dansa avec tous les messieurs qui avaient dîné à sa table, ainsi que quelques autres. C'était incroyable ce talent qu'elle avait pour s'attirer les bonnes grâces de tout le monde.

Emily la laissa s'amuser et rentra à leur cabine. Tandis qu'elle longeait le couloir désert, un reflet par terre attira son attention. Il s'agissait d'une petite tache noire et grasse, pas plus grande qu'une pièce de un penny, qui scintillait à la lumière des ampoules. Elle se pencha pour l'examiner de plus près.

– Salut, miss Emily ! Qu'est-ce que tu fais ?

– Pourquoi tu me suis, Elmer ?

– Je me disais qu'on pourrait enquêter un peu, toi et moi – à la Sherlock Holmes, tu sais. Pour découvrir qui a joué ce tour avec le gilet de sauvetage.

– Sherlock Holmes n'existe pas pour de vrai, au cas où tu ne le saurais pas… (Elle se radoucit devant sa mine désappointée.) Mais je viens de voir ça.

Elle lui montra la tache avec le doigt.

– Waouh ! Je parie que c'est un indice. Le coupable est passé par là, à coup sûr !

Elle soupira et se mit à étudier le couloir.

– Et maintenant, qu'est-ce que tu fais, miss Emily ?

– Je cherche s'il y en a d'autres. Avec un peu de chance, les traces formeront une piste. Tu peux m'aider si tu veux.

– Youpi ! s'exclama Elmer, les yeux brillants.

Après une brève investigation, ils durent s'avouer vaincus.

Emily sortit un mouchoir.

– Je vais prélever un échantillon.

– À quoi ça va servir ?

– Euh, je ne sais pas encore... Mais c'est ce que font les scientifiques en général.

Elle plongea le coin de son mouchoir en lin dans le mazout, ce qui eut pour effet regrettable d'étaler la tache. Il y avait désormais une bavure bien visible près de la porte d'une cabine de luxe. Précisément, la cabine numéro 55 – celle de Radmilla Oblomov.

Louie Leblank surgit brusquement derrière eux et tapota Elmer sur la tête. Le garçon s'écarta, les sourcils froncés.

– Bonsoir, les enfants. Et ravi de vous revoir, jeune homme. Que faites-vous ici au juste ?

– Puisque vous tenez tant à le savoir, répondit Elmer en prenant de grands airs, nous étions...

Emily lui écrabouilla le pied avec le talon de sa chaussure. Elle roula le mouchoir en boule dans la paume de sa main. Le visage de Louie Leblank, aussi placide et souriant que d'habitude, ne trahissait aucune émotion. L'avait-il vue se baisser ?

– Nous bavardions, c'est tout, monsieur Leblank, dit-elle.

– Je suis content que vous deveniez copains. J'ai peur que vous ne soyez cernés par les adultes ! (Il se décomposa en avisant la traînée noire sur le sol.) Quel bazar. Qu'est-ce que c'est ? Je dois immédiatement appeler un groom pour nettoyer.

Il partit comme une flèche.

– Elmer, tu as failli nous trahir ! s'emporta Emily. Les détectives ne dévoilent jamais rien avant d'avoir mis la main sur le coupable. M. Leblank pourrait être impliqué. C'est lui qui a donné le gilet de sauvetage à Mme Pope, après tout.

– Pardon, miss Emily, bredouilla Elmer, penaud.

– Et par pitié, appelle-moi Emily tout court !

Des « détectives », ben voyons ! Elle regrettait d'avoir encouragé Elmer à se prendre pour son associé – comme si c'était un jeu !

Dans sa cabine, un steward avait tiré les rideaux sur les flots sombres et préparé les deux lits pour la nuit.

Elle prit le cahier neuf qui la tentait tant depuis le début de la croisière, un crayon sur le bureau, puis elle grimpa sur le plus confortable des deux lits (celui d'Ida) et cala son dos contre les oreillers. Elle ouvrit le cahier à la première page. Le papier était blanc et immaculé. Elle envisagea d'abord de dresser la liste des personnes qu'elle avait rencontrées à bord, comme toute anthropologue digne de ce nom.

Ensuite elle écrivit un titre :

Gilet de sauvetage saboté de Mme Pope
Suspects :
Radmilla Oblomov – propriétaire du vanity-case rempli de maquillage de théâtre et autres cosmétiques
Dolores Devine – doit avoir accès au même type de produits, aurait pu en apporter à bord
Verina Vane, actrice – idem
Louie Leblank – a donné le gilet de sauvetage à Mme P. (après l'avoir manipulé ?)
Blague d'un groom ?
Mobile ?

Les moteurs bourdonnaient tout bas ; de temps en temps, le bateau tanguait doucement, comme un animal qui remuerait dans son sommeil. C'était étrangement apaisant. Les paupières d'Emily se fermèrent et le crayon lui glissa des doigts.

Elle fut réveillée par Ida qui entrait dans la cabine en fonçant tête baissée. Même dans son demi-sommeil, elle s'aperçut que le visage de sa cousine était très blanc à la lueur de la lampe de chevet.

– Emily ! s'écria-t-elle d'une voix suraiguë. Réveille-toi ! Je viens de voir un fantôme !

Ida se prit la tête à deux mains.

– Je l'ai vu au loin, il a disparu dans la coursive qui mène à l'extérieur !

Emily n'avait jamais vu de fantôme. Bien entendu, en tant que scientifique en herbe, elle n'y croyait pas. Mais tout de même, la curiosité la titillait. Complètement réveillée, elle sauta du lit et bondit vers la porte. Elle passa la tête à l'extérieur sans un bruit et scruta le passage.

On avait baissé les lumières. Il devait être au moins minuit. Il régnait une ambiance surnaturelle dans le couloir silencieux. Les portes des cabines étaient toutes fermées, leurs occupants sans doute endormis.

À sa grande déception, il n'y avait pas la trace du moindre fantôme.

Elle allait refermer quand un mouvement attira son attention vers l'extrémité du couloir. Une silhouette s'était matérialisée au niveau du coude : une apparition en jaune. Après quelques secondes de flottement assez terrifiantes, elle s'évapora – *pouf!*

Les cheveux d'Emily se dressèrent sur son crâne. Son cœur manqua un battement. Mais un esprit rationnel comme le sien ne pouvait pas croire aux fantômes. Elle surmonta sa stupeur. Sans hésiter, elle ferma la porte de sa cabine et courut vers l'endroit où le fantôme était apparu.

Une fois le virage atteint, hors d'haleine, Emily jeta prudemment un œil de l'autre côté. Il n'y avait rien à voir, à part une rangée de portes closes, les fameuses pièces réservées aux stewards et aux grooms. Elle attendit un moment, mais personne ne se manifesta, à l'exception de deux stewards bien vivants qui bavardaient entre eux à voix basse.

– Puis-je vous aider, mademoiselle ? demanda l'un d'eux, en considérant avec étonnement sa robe froissée et sa ceinture qui traînait.

Elle battit en retraite.

Dans leur chambre, elle trouva Ida assise au bord du lit, le dos raide. Emily passa un bras autour d'elle.

– Il n'y a rien dehors, Ida. Qu'as-tu aperçu exactement ?

– La salopette ! J'ai vu une silhouette habillée d'une salopette jaune. Je suis sûre que c'est le fantôme de ce jeune mécanicien, Emily – celui qui s'est noyé pendant la construction du paquebot !

Ida ravala sa salive et s'efforça de se calmer.

– J'ai quitté Arthur aux environs de minuit – il jouait encore dans la salle de bal. J'ai pris l'ascenseur pour rejoindre notre étage toute seule. Je me suis aidée du schéma sur le panneau pour me rappeler où était notre chambre. Bâbord… tribord… tout ça m'embrouille ! Quand j'ai fini par me repérer, ce spectre horrible rôdait au bout du couloir. Le temps de me tourner, il s'était envolé !

– Ce n'était pas un fantôme, seulement un ouvrier, dit Emily pour la rassurer.

Ida sortit le menu du dîner de son sac de soirée et s'éventa avec.

– Tu me connais, Emily. Ce n'est pas mon genre de me laisser déborder par mon imagination. En tout cas, fantôme ou pas, je crois que Mme Pope a raison. Ce bateau est maudit !

Chapitre 5

Le lendemain matin, Emily fut tirée du sommeil par un rayon de soleil qui perçait entre les rideaux. Le réveil d'Ida indiquait huit heures et quart. Ida ronflait doucement ; elle souriait en dormant, comme si elle rêvait d'Arthur et que rien au monde ne pouvait perturber son bonheur. La silhouette spectrale de la nuit précédente semblait oubliée.

Emily enfila ses vêtements à toute vitesse, en se concentrant pour attacher ses boutons et la ceinture de son tablier. Elle enfonça son canotier sur ses cheveux, qu'elle ne prit pas la peine de brosser – ses mèches folles ressemblaient un peu à des anglaises de toute façon, de son point de vue. Puis, elle se dirigea vers le pont-promenade, décidée à profiter de chaque instant de son premier jour en mer.

Le pont était presque désert, en dehors de deux hommes qui jouaient avec des palets. Leur jeu consistait apparemment à lancer, en jurant comme des charretiers, des boucles de corde à l'intérieur de cases numérotées tandis que le vent, assez frais ce matin-là, dégageait les palets sur les côtés.

Emily cramponna son canotier d'une main, agrippa le parapet en bois chauffé par le soleil de l'autre, et contempla l'horizon. Des faisceaux de soleil étincelaient sur la surface de l'océan. Elle sentait la chaleur dans son dos et le goût du sel sur sa langue. Le grand navire fendait les vagues sans à-coups, avec un petit mouvement de roulis de temps en temps. Elle écarta les pieds pour tenir l'équilibre.

– Mademoiselle Evans ! Levée aux aurores !

– Tout comme vous, monsieur Leblank.

– C'est mon travail. J'ai toujours deux ou trois choses à vérifier, vous savez.

Emily regarda le responsable des divertissements de M. Bamberger avec respect, presque malgré elle ; elle avait de l'estime pour les personnes qui se souciaient de « vérifier les choses ».

Louie Leblank, éblouissant ce jour-là dans son blazer rayé, lui posa une main entre les omoplates.

– Laisse-moi te faire visiter la zone abritée que M. Bamberger a réservée à ses invités spéciaux.

Il conduisit Emily à l'autre bout du pont, sur la plage arrière. Le vent soufflait beaucoup moins fort à cet endroit. À l'intérieur d'un espace délimité par des cordes, une rangée de chaises longues en bois avec des étiquettes pendues aux dossiers attendait en plein soleil.

– Parfois les ponts deviennent bondés dans la journée, quand le temps s'y prête, et les chaises longues sont prises d'assaut. (Louie Leblank frappa dans ses mains d'un air réjoui.) Mais je vois que quelqu'un fait déjà bon usage de la sienne !

C'était Muriel Pope. Elle se leva, toute troublée. Ses affaires de raccommodage tombèrent de ses genoux.

– Oh Seigneur, monsieur Leblank ! J'espère que je ne me suis pas trompée ! Je suis sur la bonne chaise au moins ?

Emily s'élança derrière une bobine de coton qui se sauvait en se dévidant sur le pont.

– Ne vous tracassez pas, madame Pope. Vous vous rappelez Mlle Evans ? Je vous laisse faire plus ample connaissance toutes les deux.

Leblank parti, Emily enroula le fil sur la bobine fugueuse, un geste qu'elle avait accompli des milliers de fois pour Tante Dorothea.

– Voulez-vous que je le remette là-dedans ?

Elle désigna un grand sac à cordon posé à côté de la chaise de Mme Pope.

– C'est très gentil de ta part, trésor… mais j'en ai besoin pour mon aiguille.

Emily regarda le crêpe de Chine étalé sur les cuisses de Mme Pope.

– Que faites-vous ?

– Je recouds un bouton sur le corsage de Mme Cartmell, soupira-t-elle. Je dois prendre soin de ses vêtements et chapeaux, entre autres choses.

Et Cornelia Cartmell en possédait sans doute beaucoup, songea Emily. Elle s'assit, embarrassée. Comment s'esquiver sans passer pour une mal élevée ?

– Je te conseille de te méfier en t'asseyant dans ces chaises longues, l'avertit Muriel Pope. Elles n'ont pas l'air très solides. Oh, bon sang… ma vue n'est plus ce qu'elle était !

Elle plissait les yeux derrière ses carreaux, incapable d'insérer le fil dans le chas de son aiguille.

– Je m'en charge, proposa Emily.

Elle nota que Mme Pope avait piqué sa broche sur le col de son chemisier. Ses reliefs accrochaient le soleil.

– Quelle jolie broche vous avez !

Muriel Pope tapota le bijou avec un petit sourire.

– Mon mari me l'a offerte quand nous nous sommes rencontrés. (Son sourire tomba en morceaux.) Et puis deux ans plus tard, il m'a abandonnée, il est parti ! Prends garde aux hommes, ma chérie.

Après un silence pénible, Emily enchaîna :

– Je suppose que Mme Cartmell est encore endormie. Vous êtes auprès d'elle depuis longtemps ?

– Bah ! Seulement une quinzaine de jours. J'ai eu de la chance, je suppose. Elle a manqué de temps pour chercher une personne plus qualifiée. Et ce n'est que pour la durée de la croisière, vois-tu. Elle a été très claire sur ce point.

Emily n'était pas étonnée ; tout le monde avait déjà compris que Mme Cartmell considérait sa dame de compagnie comme une incapable.

– Je dois la rejoindre dans une minute pour m'assurer que son petit déjeuner a bien été servi. (Mme Pope reposa son raccommodage.) L'ambiance est si agréable et paisible ici. J'ai mal dormi. J'ai entendu des bruits de pas toute la nuit.

Emily sursauta.

– Des bruits de pas ? Devant votre cabine ?

– Non, non, à l'extérieur. *Bam bam bam !* Toute la nuit ! Comme si quelqu'un arpentait le pont avec des grosses bottes de marin.

– Vous avez regardé qui c'était ?

– Je n'ai pas pu, avoua Muriel Pope en frissonnant. J'ai manqué de courage. C'est idiot, je sais. J'ai eu peur que ce soit…

Elle replia le corsage délicat et le glissa avec précaution dans son sac. Quand elle se mit debout, sa longue jupe retomba en plis disgracieux sur ses chevilles.

– Mais je ne veux pas te causer d'inquiétude. Tu n'es qu'une enfant. Je ne devrais pas te parler de ça.

Bien souvent, Emily constatait qu'en parlant peu et en écoutant attentivement, elle parvenait à faire oublier son âge aux adultes qui, du coup, se mettaient à lui raconter des choses très intéressantes. C'était le cas de la dame de compagnie de Mme Cartmell. Muriel Pope croyait-elle avoir perçu les bruits de pas du fantôme du garçon noyé ?

Malheureusement, celle-ci filait maintenant vers les cabines, le dos toujours plus voûté et son sac serré sur la poitrine.

C'était l'heure du petit déjeuner. Il fallait réveiller Ida. Emily s'apprêtait à se lever à son tour quand elle entendit :

– Ah, voici la petite qui m'a rrraporté mon coffret de maquillage !

Radmilla Oblomov portait une chemise d'homme et une cravate par-dessus une longue jupe plissée. Elle était sensationnelle.

– Bonjour, mademoiselle Oblomov, dit Emily, surprise : elle pensait que les gens célèbres faisaient toujours la grasse matinée.

– *Madame* Oblomov. J'ai un mari quelque part, je crois. Mais pour toi, ce sera Rrradmilla, *da* ?

Quel honneur ! Même si Emily doutait d'être un jour capable d'appeler une femme aussi impressionnante par son prénom.

– Avez-vous déjà pris votre petit déjeuner ?

Radmilla fit la grimace.

– Ah, le petit déjeuner ! Pas de caviarrr ! Ni de saumon fumé ! Ce qu'il faut que j'endurrre pour satisfaire Sergueï ! Il n'y a même pas de barre de danse dans le gymnase ! Je suis obligée de m'exerrrcer dans… comment dites-vous ?… les toilettes, sur le porte-serviette !

– Vous pourriez utiliser la salle de bal, suggéra Emily. Elle n'est pas occupée dans la journée.

Ou seulement par Arthur qui y répétait, et qui serait ravi d'y croiser son héroïne !

– Quelle excellente idée, ma chèrrre ! Sergueï sera rrravi que je continue de travailler mes mouvements jusque sur l'océan.

– Qui est Sergueï ?

Radmilla considéra Emily avec stupéfaction.

– Le grrrand Diaghilev, bien entendu. Imprésario, directeurrr des célèbres Ballets russes, la coqueluche de Paris et de toute l'Europe ! Il sera bientôt à New York, si j'arrive à mes fins. Il m'a confié la rrresponsabilité de négocier sa venue à sa place. Il déteste l'eau, tu comprends.

Emily se montra épatée. Elle se demanda si les Américains comprendraient Radmilla malgré son accent russe à couper au couteau.

La danseuse commença à tournicoter derrière elle dans un bruissement de jupe.

– Où est mon nom ? Je ne peux pas lirrre ces cartons. Je suis debout depuis l'aube à faire des pliés dans les toilettes et j'aimerais m'asseoir.

Emily s'extirpa de sa chaise longue et compatit :

– Comme ce doit être fatigant. À mon avis, vous pouvez prendre n'importe laquelle, ça n'a pas d'importance. Mais je vais jeter un œil.

– Oh, au contraire ! Chez moi en Rrrussie, les danseuses étoiles ne s'asseyent pas n'importe où, déclara-t-elle avec emphase. Nous sommes célébrées à Moscou, une grande ville de culture. Il n'est pas question que je m'allonge sur un siège ordinaire.

– Je crois que ce sont tous les mêmes.

Elle trouva la chaise de Radmilla qui était, en effet, placée un peu à l'écart et garnie de coussins à rayures bleues et blanches. Ce traitement de faveur ne serait sans doute pas du goût de Mme Cartmell.

Radmilla s'approcha de son pas léger.

– Merrrci.

Elle allait s'asseoir avec grâce quand Emily remarqua un détail qui clochait.

– Attendez un instant, madame.

La barre de support sur laquelle s'appuyait le dossier semblait cassée. Si Radmilla Oblomov posait son poids dessus, elle céderait.

– Quel est le prrroblème ? s'impatienta la ballerine.

Emily tendit l'index et Radmilla regarda de plus près.

– Vous risquez de basculer.

– Quoi ? Ma foi, tu as raison ! (Elle ouvrit grand ses yeux noirs et prit un air tragique.) Quelqu'un ne veut plus que je danse ! N'est-ce pas ? On a saboté ma chaise ! Sans toi, mon enfant, je me serais brisé le dos ! Merci, merrrci !

Elle enlaça sa sauveuse et l'écrasa contre ses côtes maigres. Emily crut étouffer et faillit perdre son canotier. Radmilla dégageait un parfum musqué enivrant et, surtout, une forte odeur de transpiration.

– Je suis sûre que ce n'est pas volontaire, dit la jeune fille en recoiffant son chapeau. Les stewards n'ont pas remarqué que cette chaise était endommagée. Je vais le leur signaler.

– *Niet*, tu te trompes ! se lamenta Radmilla. Quelqu'un sur ce bateau veut que je ne danse plus jamais ! J'ai tellement de rrrivales qui sont jalouses de moi dans la compagnie !

Emily chercha un autre siège, échangea les coussins et persuada Radmilla de s'asseoir. Celle-ci finit par obtempérer. Le dos raide, elle regarda la mer embrasée par le soleil en marmonnant avec colère :

– Je n'aurrrais jamais dû venir. Cet homme ! Il obtient toujours ce qu'il veut !

Décidément, ce Sergueï semblait aussi redoutable que Mme Cartmell.

– Je ferais mieux d'aller petit-déjeuner maintenant que tout va bien, dit Emily.

Son estomac grondait et elle croyait presque entendre celui d'Ida depuis le pont. Radmilla continua dans le pathos.

– Non, tout ne va pas bien ! J'ai un ennemi à borrrd qui me veut du mal ! Le petit déjeuner, peuh ! Allons, va-t'en, petite ! Tu ne connais rien à Diaghilev, ni à la danse !

Pendant qu'elle rejoignait Ida à la cabine, Emily réfléchit à l'incident. Elle avait bien examiné la chaise longue défectueuse avant de la remplacer. Les apparences suggéraient que quelqu'un avait tenté de scier le support du dossier. Était-ce un acte délibéré pour blesser Radmilla Oblomov et mettre un terme à sa carrière, comme elle le prétendait ? Dans ce cas, l'acte de sabotage avait dû se produire après la tournée de vérification de Louie Leblank – à moins qu'il ne soit le coupable. Par ailleurs, cela permettait sans doute de rayer Radmilla de la liste des suspects concernant l'incident du gilet de sauvetage.

Un autre détail étrange avait chiffonné Emily : une goutte de mazout noir brillait sur le bois de la chaise longue. Elle en avait vite prélevé un échantillon avec son mouchoir afin de le comparer à celui trouvé la veille au soir dans le couloir.

À ce rythme-là, elle serait rapidement à court de mouchoirs propres.

Chapitre 6

La longue table des invités de M. Bamberger était presque vide. Emily fut déçue que M. Bamberger ne soit pas là, mais il avait prévenu qu'il prendrait la plupart de ses repas avec le capitaine Boniface.

Puncheur Smith était assis en milieu de table ; Muriel Pope, face à lui, tentait d'entamer une conversation – sans succès. Emily, Ida et Arthur avaient pris place ensemble à un bout ; à l'autre, Hiram Fink gardait le nez plongé dans un gros livre certainement très ennuyeux. Il ne leva même pas les yeux quand Radmilla Oblomov fit son entrée en réclamant un café. Puncheur Smith, en revanche, guigna la chemise et la cravate de la danseuse avec une expression éberluée.

Arthur engloutissait ses rognons et son bacon avec appétit.

– Quoi de mieux qu'un bon petit déjeuner pour vous revigorer après une longue nuit !

– Serez-vous obligé de travailler aussi tard ce soir, mon chéri ? lui demanda tendrement Ida.

Elle portait la première de ses tenues de croisière – une superbe jupe-culotte rayée bleu et blanc, avec un haut à col marin de la même couleur. L'ensemble était parfaitement assorti à ses yeux.

– J'en ai peur. C'est dans mon contrat, voyez-vous.

Elle parut mortifiée.

– Mais j'aimerais danser avec vous, rien qu'une fois ! Je me suis sentie si seule hier soir.

Arthur posa sa main sur la sienne.

– Pour autant que je me souvienne, il y avait une longue file de messieurs volontaires pour vous distraire, plaisanta-t-il. Nous avons presque toute la journée pour nous, mon ange, même s'il faudra que je prenne quelques minutes pour m'exercer de temps en temps.

Emily dissimula un sourire. Comme il serait content de tomber sur Radmilla Oblomov dans la salle de bal, en train d'enchaîner les pliés !

– Et n'oublions pas notre Emily qui nous chaperonne, bien entendu, ajouta-t-il.

– Évidemment, acquiesça Ida, sans grand enthousiasme.

– Je promets de me tenir à une distance raisonnable, marmonna Emily. C'est ce que font les chaperons, n'est-ce pas ?

Ida déposa un baiser chaud sur sa joue.

– Oh, Emily, tu es un amour ! Et tu m'as sauvée du fantôme hier soir !

– Mais non, mais non… Je ne crois pas qu'il y avait de…

Naturellement, personne ne fit attention à ses protestations.

– Un fantôme ? s'écria Puncheur Smith, intéressé.

Emily crut voir ses narines frétiller, comme s'il flairait une bonne histoire.

– Un fantôme ! répéta Muriel Pope. Eh bien, figurez-vous que j'en ai vu un moi aussi – enfin, je l'ai entendu ! Toute la nuit, qui arpentait le pont dehors.

Un vent d'agitation souffla sur la tablée. Des conversations fiévreuses s'ensuivirent, auxquelles Hiram Fink refusa de participer. Il se borna à pousser un profond soupir. Puncheur Smith sortit un carnet à dos vert de sa poche de poitrine et se mit à écrire. Emily imaginait déjà le gros titre :

Spectre à bord ! Les passagers en péril sur le *Princess May* !

Pauvre M. Bamberger !

Pour aggraver encore la situation, Radmilla Oblomov se leva brusquement. La salle à manger entière s'immobilisa et fixa le tourbillon furieux des plis de sa jupe, comme hypnotisée – surtout Puncheur Smith.

– Eh bien, ce matin même, quelqu'un a tenté de me rrrendre infirme à vie, de brrriser ma carrière ! Moi, la plus grande danseuse des Ballets rrrusses, j'aurais pu me casser le dos sans le secours de ma chèrrre petite Emily ! Qui a commis cet acte terrrrible ? Qui ? tonna-t-elle avec un air de défi.

Un silence de mort lui répondit.

Puncheur Smith continuait de griffonner.

Une mauvaise blague, une silhouette fantomatique, des bruits de pas mystérieux, auxquels venait s'ajouter à présent la tentative délibérée de blesser une invitée de M. Bamberger. Puncheur Smith tenait sûrement le sujet sensationnel qu'il était venu chercher, pensait Emily tandis qu'elle marchait en direction du pont-promenade en compagnie d'Ida et d'Arthur.

En passant devant le panneau d'affichage du commissaire de bord, ils virent une carte qui montrait l'itinéraire emprunté pour atteindre l'Amérique et l'île de Manhattan. Il y avait des boucles et des cercles mystérieux partout, qui correspondaient selon Arthur aux différentes profondeurs de l'océan Atlantique.

Une flèche indiquait la localisation du *Princess May* à minuit la veille. Il restait un très long chemin à parcourir et Emily doutait que le paquebot puisse remporter le Ruban bleu récompensant la traversée la plus rapide pour New York, malgré ses nouvelles turbines à vapeur révolutionnaires.

Une feuille de papier punaisée à côté donnait la liste des événements programmés pendant la croisière : quiz, concours de palet et autres jeux d'adresse sur le pont. Elle était signée « Louie Leblank, responsable des divertissements ».

– Formidable ! s'écria Ida. Ils organisent une fête costumée pour les passagers de première classe le dernier soir !

– Dois-je absolument me déguiser ? demanda Arthur d'un ton hésitant.

– Bien sûr ! Il est précisé que nous pourrons emprunter des costumes auprès du commissaire de bord.

Cette perspective n'emballait pas Arthur.

– Radmilla Oblomov dansera un solo, dit Emily. *La Mort du cygne*. C'était bien la peine que je l'empêche de se casser le dos pour mourir en cygne après ! s'amusa-t-elle. Oh ! regarde, Arthur, tu vas l'accompagner !

– J'espère qu'elle a les partitions. Nous allons devoir répéter. Je n'ai joué ce morceau de Saint-Saëns qu'une fois.

Néanmoins, cette nouvelle lui rendit sa bonne humeur.

Le soleil scintillait toujours sur la mer quand ils atteignirent le pont-promenade. Emily leur montra la zone délimitée par les cordes que M. Bamberger avait réservée à ses amis. La chaise longue de Mme Pope était vide. Quant à Radmilla Oblomov, elle ne s'était pas risquée à revenir.

Mme Cartmell somnolait, allongée de tout son long, les yeux mi-clos sous un énorme chapeau à voilette. Elmer lui tournait autour.

– Tu ne veux pas t'asseoir, à la fin ? se fâcha sa mère, lassée par ses allées et venues.

Quand le garçon aperçut Emily, son visage s'éclaira.

– Bonjour, miss Emily !

Mme Cartmell se redressa abruptement.

– Viens avec moi, Elmer. Je crois que le vent fraîchit.

– Mais m'man…

Il jeta un regard désespéré à Emily avant de disparaître dans le sillage de sa mère.

– Cette femme m'a délibérément ignorée ! s'indigna Ida. Vous aussi, elle vous a snobé, Arthur ! Elle ne veut pas nous parler, c'est évident. Elle estime que nous ne sommes pas des gens convenables, tout ça parce que nous avons emmené notre chère Emily en guise de chaperon.

– C'est ridicule, s'offusqua Arthur.

Emily s'en fichait complètement. Mme Cartmell ne l'impressionnait pas du tout et à la place d'Elmer, elle lui tiendrait tête. Quel poltron !

En observant la rangée de chaises longues, elle constata que certains invités avaient profité un moment du soleil. Des verres vides traînaient près des sièges des actrices, un cendrier avec deux mégots à côté de celui de Puncheur Smith. M. Fink avait poussé le sien de manière à s'isoler des autres.

Sitôt assis, Arthur entreprit d'étudier un recueil de partitions. Emily essayait de lire le roman d'Angela Brazil intitulé *La Plus Gentille Fille de l'école*, mais elle était distraite par Ida qui sondait les flots, cramponnée au parapet.

– Cette maudite eau ! s'exclama-t-elle tristement. On dirait qu'elle s'étend de tous les côtés jusqu'au bout du monde. En plus, elle n'arrête jamais de bouger.

– Elle s'étend seulement jusqu'à la terre ferme la plus proche, répondit Emily.

– Mais on en est encore très loin, non ? Encore quatre jours ! Et d'ici là, rien à voir – que de l'eau !

Ida n'était jamais allée à la mer de sa vie, et encore moins en haute mer. L'immensité de l'océan Atlantique devait être un sacré choc pour elle. Tandis qu'Emily se considérait comme un matelot aguerri depuis qu'elle avait pris le ferry avec ses parents pour l'île de Wight, à l'âge de huit ans.

Ida se mit subitement à déplacer sa chaise longue.

– Que faites-vous, trésor ? demanda Arthur.

– Je ne peux plus supporter cette vue. Cette immensité… c'est trop pour moi.

Enfin le calme revint, pour un court instant. Le ronron apaisant des moteurs troublait à peine le silence, les flancs du paquebot fendaient les flots et une douce brise tournait les pages du livre d'Emily. Ida, assise dos à la mer et face à un conduit de ventilation, feuilletait le dernier numéro de *Mode et cuisine*.

– Mon chapeau de soleil ! se plaignit-elle soudain. Je l'ai oublié. Ma peau va devenir brune et ridée si je ne le porte pas.

– Dois-je aller le chercher ? proposa Arthur.

– Vous ne saurez pas où le trouver. Allons-y ensemble ? Emily, ça ne t'ennuie pas si nous te laissons seule un instant ? Nous ne serons pas longs.

Ida prit Arthur fermement par le bras et l'entraîna d'un pas vif vers les coursives. Ils passèrent devant un groom qui leur tint la porte ouverte et une seconde plus tard, ils avaient disparu.

Emily en profita pour examiner les deux mouchoirs tachés qu'elle sortit de sa poche. Oui, c'était clairement le même liquide. Foncé et visqueux, avec une odeur très désagréable, bien qu'il ait séché maintenant. Ce qui suggérait qu'une même personne était à l'origine des deux incidents – dans le couloir et sur la plage arrière du pont. Dommage qu'elle n'ait pas pris d'échantillon sur le gilet de sauvetage, elle était presque certaine qu'il aurait coïncidé avec les deux autres.

Elle roula les mouchoirs en boule et les fourra dans la poche de son tablier.

Ida et Arthur ne semblaient pas pressés de revenir. Elle décida de ne pas se soucier d'eux, et se plongea dans sa lecture jusqu'à ce qu'un grincement la force à renoncer à son livre : quelqu'un venait de s'asseoir près d'elle et toussotait poliment afin de se faire remarquer.

– Re-bonjour, miss Emily, dit Elmer.

Elle rangea son roman en soupirant.

– Je croyais que tu étais parti avec ta mère.

– Je me suis échappé ! déclara-t-il avec un sourire triomphant. Elle n'a pas besoin de moi pour l'instant. Elle est en train de visiter le salon de beauté pour dames. Elle hésite à en faire installer dans ses hôtels.

– Ce n'est pas bien de copier les idées de M. Bamberger.

Elmer haussa les épaules.

– Tu connais mal ma mère.

– Je sais qu'elle est très malpolie avec Ida, en tout cas.

– Elle m'a interdit de vous adresser la parole, mais je m'en fiche. (Il se pencha vers elle.) Dis, tu as dégoté de nouveaux indices ?

– Des indices ?

– Sur le plaisantin ! L'histoire de la chaise longue de Mlle Oblomov m'est venue aux oreilles. Il paraît qu'elle était tachée de mazout, elle aussi, comme le gilet de sauvetage.

– Qui t'en a parlé ? demanda Emily, étonnée. Je n'ai rien dit à personne. Même Radmilla Oblomov n'est pas au courant.

Elmer regarda dans le vague.

– Oh, je ne sais plus… Ma mère répète toujours que les rumeurs se répandent comme une traînée de poudre. Elle a peur qu'un scandale éclate dans ses hôtels, que l'information circule dans les journaux et que les clients boudent ses établissements.

Emily fronça les sourcils.

– Mais ce serait un désastre pour M. Bamberger si les gens ne voulaient plus voyager sur le *Princess May* !

Le steward qui avait retiré la chaise cassée avait dû jaser, pensa-t-elle. Qui d'autre aurait pu savoir ? En dehors du coupable, bien sûr.

– Je crois que Puncheur Smith a déjà pris des notes à ce sujet, continua Elmer. Il tient un journal de voyage.

– Alors je dois lui dire que c'est faux !

– C'est faux ?

– Ben… il y avait bien une minuscule quantité de fioul. Mais ça ne ressemblait pas à une plaisanterie. Le danger était réel.

Le garçon écarquilla les yeux.

– Tu crois que la prochaine fois, ce sera encore pire ?

Elle haussa les épaules.

– Il n'y aura peut-être pas de prochaine fois.

– On doit démasquer le coupable. D'ailleurs, murmura-t-il en rougissant de fierté, il se pourrait que j'aie trouvé un indice.

– Ah bon ?

– Regarde.

Il ouvrit la paume de sa main et révéla un morceau de papier de soie soigneusement plié.

Chapitre 7

Le papier était jauni, froissé et léger comme l'air, mais Emily sentait qu'il contenait quelque chose. Elle l'ouvrit avec précaution, craignant que le vent ne l'emporte.

Il renfermait une boucle de cheveux noirs. Elle la renveloppa vite.

– Où as-tu trouvé ça ?

– La mèche était coincée sous le dossier de ma chaise longue. Je l'ai remarquée quand je me suis assis. Quelqu'un a dû la perdre et elle s'est envolée dans les courants d'air. Elle pourrait appartenir à la personne qui a scié le transat de Mlle Oblomov !

– Pas sûr, objecta Emily.

– Tu vas la garder ? Avec tes échantillons ?

Elle secoua la tête.

– On devrait la remettre à l'endroit où tu l'as prise au cas où quelqu'un la chercherait. J'ai peur que ce ne soit pas un indice, Elmer. Plein de gens gardent des mèches de cheveux en souvenir. Par exemple, ma cousine Ida a un médaillon avec une boucle de cheveux de sa mère à l'intérieur.

– Ma m'man en avait un aussi, avec mes cheveux de bébé.

Il semblait un peu abattu. Emily jeta un coup d'œil à son toupet décoiffé à cause du vent. Il avait des cheveux châtains et bouclés au naturel – ils étaient assez jolis, en fait.

Elle rouvrit son livre, mais inutile d'espérer lire avec Elmer qui posait continuellement des questions et mentionnait sa mère toutes les deux phrases. Elle finit par avoir pitié de lui.

– Tu veux aller explorer le bateau ? Pendant que ta mère n'est pas là ?

Il se leva d'un bond comme s'il n'attendait que ça.

– Youpi ! C'est une idée épatante, miss Emily ! Évitons quand même le salon de beauté…

– Pas de problème !

Trop tard, hélas ! La porte à double battant s'ouvrit au bout du pont et une voix énergique cria :

– Elmer ! Qu'est-ce que tu fabriques ? Je t'avais expressément interdit de…

– Vite ! dit Emily.

Lorsqu'elle s'avança sur le pont, Mme Cartmell perdit son chapeau à cause du vent. Profitant de sa distraction, Emily attrapa Elmer et l'attira vers la sortie la plus proche. Le groom ouvrit la porte avec un sourire complice et ils s'engouffrèrent à l'intérieur.

Par chance, l'ascenseur attendait à leur niveau. Emily ferma la grille derrière eux avec fracas. Pendant que la cage de verre descendait, le visage indigné de Mme Cartmell apparut dans leur champ de vision. Elle marchait aussi vite que ses longues jupes et le vent le lui permettaient.

– Mais ma m'man… couina Elmer, terrifié.

– Tu diras que je t'ai kidnappé. Tu lui obéis toujours ?

– Ben… oui.

Emily n'avait pas bien mesuré à quel point le paquebot était immense. Il accueillait un grand nombre de passagers. Les voyageurs de la deuxième classe et de l'entrepont possédaient leurs propres salles à manger. L'accès aux équipements de première classe leur était refusé car ils avaient payé un billet moins cher – ce qui paraissait logique, d'une certaine manière. Cependant, la salle à manger de deuxième classe n'avait pas grand-chose à envier à celle où Emily prenait ses repas.

Elmer, bien informé, lui expliqua que l'entrepont était bondé de migrants irlandais qui se rendaient en Amérique pour trouver du travail, exactement comme sur les bateaux transatlantiques de son père.

Ils traversèrent plusieurs salons en zigzaguant entre les palmiers en pots, les fauteuils rembourrés et les tables en acajou. Elmer suivait Emily, à la fois excité et terrifié par l'audace de la jeune fille qui n'hésitait pas à jeter un œil jusque dans les bains turcs. Derrière le rideau de vapeur, ils devinèrent d'énormes hommes nus affalés, avant d'être rapidement chassés par un employé furieux. Ils évitèrent le fumoir étouffant des messieurs et bifurquèrent vers le gymnase. La pièce leur plut, avec ses vélos d'exercice, ses barres de traction et son faux cheval qui se cabrait quand on le chevauchait. Ils voulurent l'étudier de plus près, et furent de nouveau congédiés par un steward.

Le salon de lecture et de correspondance était très calme. On n'entendait que le grattement des stylos sur le papier et le bruissement des pages qu'on tournait. Ils le franchirent sur la pointe des pieds et débouchèrent sur un long couloir où des passagers jouaient aux cartes sur des tables garnies de feutrine. Ils échangeaient des propos à voix basse et, de temps en temps, abattaient leurs cartes en hurlant : « Vous êtes sacrément verni, vous ! », ou encore « Ha ! Vous faites grise mine, Ponsonby ! »

Les femmes ne manquaient pas d'esprit de compétition. Elles criaient à leurs partenaires : « Oh, Johnnie… », et « Charlie, espèce d'empoté ! »

À ce niveau inférieur, les vagues paraissaient beaucoup plus grosses à travers les hublots.

– Asseyons-nous, proposa Elmer, dont le teint virait au verdâtre.

Un steward se présenta dès qu'ils furent installés. Emily commanda deux limonades et une assiette de choux à la crème. Elle inscrivit son nom et le numéro de sa cabine sur la facture d'un geste affecté.

Elmer s'avoua impressionné par leur promenade dans le bateau qui, il l'admit à contrecœur, rivalisait avec les plus beaux navires de son père.

Emily était contente d'avoir le garçon pour elle toute seule. Profitant de l'occasion, elle s'inclina vers lui et chuchota :

– Que sais-tu au sujet de Louie Leblank ?

Il se rembrunit tout de suite.

– C'est un parasite ! Il a répandu des potins dans la presse à propos de mes parents quand ils se sont séparés. P'pa ne savait pas, mais je crois que ma mère s'en doutait. Mon père a été gentil avec lui, en plus : il lui a fourni un emploi alors que sa carrière d'imitateur périclitait.

– Hein ? Il était dans le spectacle ? s'étonna Emily, dont la curiosité était piquée.

Elmer hocha la tête.

– Oui, il donnait des représentations à bord... Pourquoi ces questions ? Tu le soupçonnes ? Formidable ! Mais quel serait son mobile ?

Emily se contenta d'afficher un sourire mystérieux.

Louie Leblank travaillait peut-être en secret pour M. Cartmell. Et si son patron l'avait chargé de ruiner la réputation d'une compagnie rivale ? Il aurait pu saboter la chaise longue de Radmilla tôt le matin sans que personne ne s'en aperçoive. Il pouvait aussi avoir trafiqué le gilet de sauvetage de Mme Pope.

Impossible de confier ses doutes à Elmer, bien sûr : il défendrait l'honneur flétri de son père. Par ailleurs, Leblank n'était pas le seul suspect. En fin de compte, n'importe quel invité de M. Bamberger ayant une dent contre lui méritait de figurer sur sa liste.

Après avoir mangé plusieurs choux à la crème, Elmer devint tout à coup muet. Il contemplait les vagues, hypnotisé. Le mouvement de tangage était plus prononcé dans cette partie du bateau et Emily sentait la vibration des moteurs à travers la table.

Au bout d'un moment, Elmer se leva, le teint brouillé.

– Au revoir, miss Emily. Je retourne voir m'man. Elle va s'inquiéter.

Il partit presque en courant, une main plaquée sur la bouche.

Un groom récurait le sol avec un linge devant la cabine de Mme Cartmell. Il leva les yeux quand Emily vint à passer. Un sourire navré se dessina sur son visage parsemé de taches de rousseur. Sa toque rouge penchait comme la tour de Pise sur ses cheveux d'un blond roux, et il poussait manifestement trop vite pour sa veste et son pantalon noir. Il redressa sa carcasse dégingandée et tendit ses genoux cagneux.

– Je n'en ai plus que pour une seconde, mademoiselle. Faites attention à vos chaussures. Je nettoie pour Sa Majesté. (Il désigna la porte de Mme Cartmell avec le pouce.) Elle était furieuse quand elle m'a sonné. Elle s'est taché le bas de la jupe.

– Qu'est-ce que c'est ? s'enquit Emily, qui connaissait déjà la réponse.

– Du mazout. Dieu seul sait d'où ça sort. Elle prétend qu'elle a failli glisser et se casser la jambe. Il y en avait quelques gouttes juste devant sa cabine, bien visibles.

Bien sûr ! C'était l'objectif. L'ennemi de M. Bamberger tenait à ce que ses invités prennent peur et discutent de leurs inquiétudes entre eux. Alors de sombres rumeurs se propageraient et plus personne ne voudrait voyager à bord du *Princess May*.

– Un groom a dû graisser les gonds de la porte sans faire attention, suggéra le garçon.

– Je ne crois pas, dit Emily. Attendez un instant.

Elle sortit son nouveau mouchoir propre, le troisième en deux jours, et en trempa un coin dans le mazout. Le groom la regarda bizarrement.

– Il y a eu beaucoup d'incidents en lien avec du mazout depuis le début de la traversée, se justifia-t-elle. Alors je prélève des échantillons.

Le garçon en resta bouche bée.

– Vous voulez dire… que quelqu'un en verse partout exprès ?

– Je l'ignore. C'est un mystère.

– Vous êtes une détective ou quelque chose dans ce genre ?

– Non, une anthropologue.

– À quoi ça sert, une anthri… machin-chose ?

Emily abandonna. Elle lui tendit la main.

– Emily Evans, enchantée. Comment vous appelez-vous ?

Il reposa son tissu humide et lui serra la main. Il avait les jointures à vif et la paume glissante à cause du ménage.

– Bobby. Enchanté, camarade.

Être appelée « camarade » ne dérangea pas Emily. Bien au contraire.

– Qu'est-ce que c'est que ça ?

Elle désignait ce qui ressemblait à une paire de semelles montées sur roulettes, posées à côté du seau de Bobby.

– Ce sont mes patins, répondit-il fièrement. Avec eux, je circule à toute vitesse dans les coursives ! La cloche sonne et hop ! je suis là en un clin d'œil. Les patins sont à la mode, vous savez, au pays. (Il bomba son torse maigre.) S'ils organisent un championnat l'an prochain, je tenterai peut-être ma chance.

– Vous êtes vraiment bon ? demanda Emily, sceptique.

Il hésita, gêné.

– Je reconnais qu'il faudrait que je m'améliore un peu – pour gagner le championnat, je veux dire !

Emily s'accroupit pour examiner les patins à roulettes. On les enfilait grâce à un ingénieux système de brides en cuir qui s'adaptaient à la chaussure. Elle eut immédiatement envie de les essayer. Elle se releva, rêveuse.

– On se reverra peut-être.

– Sûrement. C'est mon couloir, dit-il avec un grand sourire. Je m'occupe des aristos et des huiles. Les invités spéciaux de M. Bamberger.

Emily trouva Ida assise sur son lit, muette de fureur. Elle eut l'impression très nette que sa cousine attendait dans cette position depuis un long moment.

– Où est Arthur ? s'enquit-elle.

Ida répondit d'un haussement d'épaules rageur.

– Il travaille sur ses partitions avec cette maudite danseuse. Nous sommes allés dans la salle de bal parce que Arthur voulait répéter ses morceaux pour ce soir et elle était là, à faire des bonds, des pirouettes, des révérences bizarres et tutti quanti.

– Oh.

Emily se sentit terriblement coupable.

– Elle a passé un bras autour de lui, lui a montré la musique qu'elle avait choisie pour son solo... Impossible d'arracher Arthur à ses griffes !

– Si Radmilla danse *La Mort du cygne*, elle ne va pas agoniser pendant des heures, quand même. Il sera de retour parmi nous pour déjeuner.

Elle n'en doutait pas un instant. Arthur ne raterait le déjeuner pour rien au monde. Pendant les années qui avaient suivi son installation à Londres, il avait eu beaucoup de mal à joindre les deux bouts. Sa condition d'étudiant n'était pas facile. Alors chaque fois qu'il avait l'occasion d'avaler un repas décent, il ne se faisait pas prier. Il restait néanmoins mince et élégant, quoique ses vêtements soient de plus en plus élimés.

Il tarda pourtant à se présenter dans la salle à manger, ce jour-là. Il finit toutefois par arriver en compagnie de Radmilla, l'air dégagé et content de lui.

– Voici ma nouvelle découverrrte ! annonça Radmilla, en posant les mains sur ses épaules tandis qu'il s'asseyait.

Ida les ignora et continua de discuter avec Puncheur Smith.

– Il joue comme un dieu et il va m'accompagner. Je danserai encorrre mieux grâce à lui ! Il est vrai que je rrrivalise avec la grande Pavlova dans ce rôle, paraît-il. C'est décidé : je le rramène à Paris avec moi !

À ces mots, Ida leva les yeux.

– C'est impossible, dit-elle sèchement. Il est à moi.

La perspective que deux jeunes femmes se battent pour lui stupéfia Arthur. Il baissa timidement les yeux, les oreilles toutes roses.

Pendant ce temps, un certain malaise régnait à table, aggravé par les mouvements du bateau. Les invités de M. Bamberger avaient l'estomac noué. Emily entendit les mots « salopette jaune », « pas lourds » et « dos brisé » flotter de siège en siège. Muriel Pope picorait dans son assiette en silence. Mme Cartmell et Elmer brillaient par leur absence.

Emily était prise en sandwich entre les deux actrices, qui se confiaient leurs espoirs d'apparaître à Broadway et de devenir célèbres aux États-Unis. Captivée, elle regardait leurs bouches vermeilles s'ouvrir et se fermer.

Dolores Devine, la brune, dont les accroche-cœurs semblaient avoir été collés à la glu sur le front, lorgnait avec intérêt du côté de Puncheur Smith qui lui-même, tout en discutant avec Ida et en prenant des notes, louchait sur Radmilla.

L'air pensif, elle rejeta ses cheveux en arrière de ses longs doigts aux ongles vernis.

– Tu sais que Smith m'a interviewée un jour, Vera. Je n'avais que quinze ans. Je jouais ma première pièce. Ce n'était pas dans un théâtre – il s'agissait d'un club pour gentlemen –, mais il m'avait qualifiée de « prometteuse ».

Verina, la blonde, qui aurait été très belle sans ce perpétuel rictus amer qui l'enlaidissait, suivit le regard de son amie.

– C'est exactement ce qu'il a dit de moi quand j'avais dix-sept ans, Dolly ! Le voilà qui drague cette héritière maintenant.

– Il est un peu vieux pour ça, se moqua Verina. Il désespère de décrocher un scoop, c'est tout.

Elles hochèrent la tête de concert.

– Il n'en déterrera pas sur ce bateau, affirma Dolores en secouant sa crinière noire.

– Et l'aventure entre Radmilla Machin-Chose et Waldo Bamberger ? Il n'a pas écrit d'article là-dessus, si ?

– Waldo l'a prié de s'abstenir, apparemment. De toute façon, c'est éventé, Vera. Cette histoire date d'il y a des lustres. Elle était furieuse, tu n'as pas lu les détails dans la presse caniveau ? Je suis surprise qu'elle soit montée sur ce paquebot.

– Oh ! s'écria Emily.

Elle apprenait des informations utiles, quoique perturbantes – son M. Bamberger et Radmilla Oblomov avaient été en couple autrefois !

Ses deux voisines se figèrent au milieu de leurs bouchées, prenant subitement conscience de sa présence.

– Je m'appelle Emily Evans, dit-elle gaiement. Enchantée.

Verina Vane lui jeta un coup d'œil oblique.

– Joli nom, petite ! Es-tu une enfant star en plus d'être un chaperon ?

– Non. Je suis juste moi-même.

Louie Leblank fit irruption en surgissant de nulle part comme à son habitude, son teint cireux éclairé par un large sourire.

– Comment allez-vous, mes amis ? Vous appréciez votre déjeuner ? Mesdemoiselles ? Tout va bien ?

– Oui, monsieur Leblank, répondirent en chœur les comédiennes.

Dès qu'il eut disparu, les messes basses reprirent :

– Lui aussi, c'est un acteur ! Je suis sûre de l'avoir vu dans un spectacle de Noël !

– Vraiment, Vera ?

Dolores étouffa un petit rire. Verina confirma en secouant ses jolies boucles.

– À Weston-super-Mare, il y a des années. Il tenait le rôle comique du laquais Buttons dans *Cendrillon*. Maman m'y a emmenée quand j'étais petite. Moi je rêvais de jouer Cendrillon, bien sûr.

Emily ne put s'empêcher d'intervenir :

– Mais Louie Leblank est américain, mademoiselle Vane.

– Ah tu crois ça ? Tout le monde a besoin de travailler. Il a changé de nom, évidemment.

Verina Vane lui fit un clin d'œil.

– Et il n'est pas le seul, hein, Vera ? pouffa Dolores.

– Ah bon ? Quels sont vos vrais noms ? les questionna Emily, fascinée.

Elle devrait modifier ses notes.

– Tu jures de ne le répéter à personne ? insista Dolores.

Verina se pencha et murmura à l'oreille d'Emily :

– Doris Rab et Vera Dodue !

Dolores fit la grimace.

– Tu vois le problème ?

Oui, en effet, elle comprenait.

– Motus et bouche cousue, d'accord ? Tu peux nous appeler Dolly et Vera si tu préfères.

Emily n'était pas enthousiasmée par « Dolly » et « Vera », mais elle accepta.

– Bye bye, trésor, lui dit Vera en se levant. Je vais faire un petit dodo. Le manque de sommeil gâte le teint. Tu viens, Dolly ?

Elles partirent en se déhanchant, bras dessus, bras dessous, amusées par les mouvements d'oscillation du bateau.

Elles croisèrent Mme Cartmell, de fort mauvaise humeur, qui traînait derrière elle un Elmer tout penaud, pâle et nauséeux.

Elle s'assit le plus loin possible d'Emily, ce qui l'obligea à s'installer face à Ida. Celle-ci leva le menton et détourna les yeux délibérément. Elle n'avait pas pardonné la grossièreté de Mme Cartmell à son égard.

– Quel idiot ! s'exclama la mégère, assez fort pour que toute la tablée l'entende. Se bourrer de gâteaux en milieu de matinée ! Pas étonnant que tu aies mal au cœur. Tu aurais dû rester avec moi ! Tant pis, tu sauteras le déjeuner !

– Oh, m'man, se plaignit faiblement Elmer. Je vais beaucoup mieux…

Elle l'interrompit.

– Plus question de filer comme ça, tu entends ? À partir de maintenant, tu évites les autres enfants et tu ne t'éloignes plus de moi. (Elle attrapa le menu comme s'il s'agissait de l'oreille d'Elmer, puis se tourna vers le serveur qui attendait sa commande.) Je commencerai par la soupe de concombre froide, suivie du rôti de bœuf. Rien pour mon fils.

– Si je puis me permettre, madame, dit le serveur d'un ton obséquieux. La glace est un excellent remède contre le mal de mer.

Mme Cartmell, flattée par sa déférence, hésita un bref instant avant de céder. Un sourire fugace passa sur le visage d'Elmer.

Pendant qu'Ida terminait ses pêches à la liqueur, l'homme revint avec le bol de soupe de Mme Cartmell et un panier de petits pains frais, qu'il posa à côté de son assiette.

C'est alors que le bateau fit une embardée inattendue. Les autres passagers regardèrent, pétrifiés, le bol de soupe se renverser sur la poitrine généreuse de Mme Cartmell. Une vague de liquide crémeux d'un vert tendre dégoulina sur son corsage de dentelle hors de prix.

Elle se leva en hoquetant et manqua de s'étrangler de fureur. Ses yeux jetaient des éclairs, sa voix était rauque.

– Espèce d'imbécile ! Je vous ferai renvoyer !

– Je vous présente mes plus sincères excuses, madame, dit humblement le serveur. Le mouvement du bateau m'a pris par surprise. Je vous apporte immédiatement une autre soupe.

– Je ne veux pas d'autre soupe, idiot ! Il faut que je me change. C'est un scandale ! Je vais me plaindre à M. Bamberger. Après le mazout, il ne manquait plus que ça !

– Il n'y a pas de mazout dans cette soupe, madame, je vous assure, répliqua le serveur, offensé.

– Mais non, crétin ! Je parle du couloir ce matin. Il y en avait devant ma cabine. J'aurais pu glisser et me casser une jambe !

Il parut déconcerté mais s'entêta :

– Je vous demande de nouveau de m'excuser. Votre steward portera votre tenue au pressing. J'espère qu'il n'y aura pas de dommage. (Il marqua une pause.) Néanmoins, cette soupe est excellente.

Mme Cartmell poussa un cri indigné et quitta la salle à manger à grands pas.

Ida et Arthur échangèrent des sourires silencieux. Emily, soulagée, pensa qu'Ida avait dû pardonner à Arthur. Le reste des convives, à commencer par Radmilla, chuchota : « Encore du mazout ? » avec des regards entendus.

Le serveur apporta ensuite sa glace à Elmer. Il glissa un clin d'œil au garçon – à croire qu'il avait renversé la soupe exprès.

Elmer se dépêcha de faire le tour de la table pour s'asseoir à côté d'Emily, son bol entre les mains.

– De nouveaux indices ? siffla-t-il, un œil sur la porte au cas où sa mère réapparaîtrait de façon inattendue. Cette tache de mazout se trouvait pile devant la cabine de m'man.

Il enfourna une grosse cuillerée de glace au chocolat.

– Je sais, dit Emily. Je crois que la personne qui commet ces actes s'arrange pour qu'ils soient bien voyants. Quelqu'un tient à s'assurer que les gens ne voudront plus voyager à bord du *Princess May* !

– Tu es sûre ? (Elmer saisit le regard sans équivoque d'Emily et cligna des yeux.) Ben du coup, ça ne peut pas être ma mère. Enfin, tu soupçonnes plutôt Louie Leblank, non ?

– Tous les invités de M. Bamberger sont des suspects à partir de maintenant – y compris ta mère, répliqua sévèrement Emily. Je vais devoir enquêter sur tout le monde

Après le déjeuner, Emily et Ida allèrent chercher leurs chapeaux de soleil. Au milieu du couloir, elles croisèrent

Bobby qui fonçait droit sur elles, perché sur ses patins à roulettes. Il portait avec précaution un plateau de café qu'il venait de récupérer dans une cabine de luxe.

Ida s'arrêta et leva une main à sa bouche.

– *Bobby!* Bobby Linotte! Ben ça, par exemple! J'suis rudement contente de te voir ici!

Chapitre 8

N'ayant pas remarqué qu'il était en équilibre précaire sur ses roulettes, Ida se jeta sur Bobby pour le prendre dans ses bras. Le pot de café en argent, heureusement vide, bascula ; la tasse et la soucoupe blanches, fabriquées pour résister à la forte houle, rebondirent sur le sol ; quant à Ida et Bobby, ils tombèrent sous une pluie de sucre roux.

– On dirait que je vais encore devoir nettoyer, dit tristement Bobby. C'est la deuxième fois aujourd'hui.

Ida fit la moue.

– Tu n'es pas un tout petit peu excité de me voir ?

– Bien sûr que si ! répondit-il en souriant. Mince alors, on a fait un sacré chemin tous les deux depuis les Sœurs de l'Espoir ! Tu étais comme une grande sœur pour moi là-bas. Qu'est-ce que tu fabriques ici ?

Emily les observa avec des sentiments partagés. Ida commença à expliquer comment elle s'était découvert une famille et une fortune. Bobby à son tour raconta à Ida comment M. Bamberger l'avait remarqué au cours de la garden-party de Thurloe Square et l'avait délivré de l'orphelinat des sœurs de l'Espoir en lui offrant un emploi.

Ils semblaient partis pour bavarder tout l'après-midi, accroupis côte à côte, par terre, dans le couloir. Le bonheur d'Ida faisait plaisir à voir, mais Emily ne pouvait s'empêcher de penser qu'elle avait trouvé Bobby la première. Elle n'avait pas envie de devoir partager son nouvel ami. D'autant qu'il possédait des patins qu'elle rêvait d'essayer.

Elle passa le reste de l'après-midi avec Ida sur le pont-promenade, à jouer au jeu de palet classique et à une variante avec des disques qu'on faisait glisser dans des cases numérotées grâce à un ustensile qui ressemblait à une binette de jardinage.

Arthur était là, lui aussi : il avait terminé de répéter ses morceaux du jour. Le bateau roulait toujours un peu et les deux amoureux ne cessaient de se tomber dans les bras en pouffant de rire sous le regard désapprobateur d'Emily.

Mme Pope applaudissait gaiement à l'extérieur du terrain de jeu et Elmer suivait les parties avec envie, jusqu'à ce que Mme Cartmell, furieuse, les expédie ailleurs.

– Je pense que vous avez mieux à faire, Muriel ! Une promenade hygiénique vous ferait le plus grand bien. Vous pourrez nous tenir compagnie, à Elmer et à moi-même.

Une question tarabustait Emily depuis le déjeuner : devait-elle rapporter à M. Bamberger l'incident de la chaise longue de Radmilla survenu ce matin-là et celui de la tache de mazout devant la cabine de Mme Cartmell ?

Il fallait qu'il sache que quelqu'un essayait de nuire à ses invités et à la réputation de son bateau. Dans tous les cas, elle en avait assez de chaperonner sa cousine pour l'instant.

– Je vais prendre le goûter avec M. Bamberger, annonça-t-elle.

Ida et Arthur la regardèrent, étonnés, comme s'ils avaient complètement oublié qu'elle était là – elle qui les avait patiemment surveillés tout l'après-midi ! *Les ingrats !* pensa-t-elle, indignée.

– Oh, Emily, tu risques de le déranger, s'inquiéta Ida. Il doit être très occupé.

– C'est lui qui m'a invitée. Avant le départ, il m'a promis que je pourrais venir goûter avec lui aussi souvent que je voulais.

– Il ne faut pas le prendre au premier degré, ma vieille, lui dit gentiment Arthur. C'est le genre de phrases en l'air que peuvent prononcer les adultes.

Emily secoua la tête.

– Pas M. Bamberger. Il tient parole, lui.

Cependant, quand elle atteignit la porte de la cabine de M. Bamberger, elle s'arrêta, déçue. Elle entendait distinctement deux voix à l'intérieur. Avait-il invité quelqu'un d'autre à boire le thé ? Tant pis ! Elle devait d'urgence lui parler – cela lui paraissait encore plus important maintenant qu'elle était si près du but. Avec un peu de chance, l'autre personne ferait preuve de tact et s'en irait. Elle levait la main pour toquer... quand la porte s'ouvrit sur le visage sévère d'Hiram Fink.

Surpris, il baissa les yeux et fixa la jeune fille d'un air mécontent.

– Waldo, vous avez une autre visiteuse – une demoiselle ! cria-t-il par-dessus son épaule.

– Qu'elle entre ! Il ne faut pas faire attendre les dames.

– À demain dans ce cas, Waldo. Espérons que vous changerez d'avis.

Hiram Fink s'éloigna avec sa mallette pleine à craquer et céda la place à Emily.

Au grand étonnement de celle-ci, la cabine de M. Bamberger n'était pas plus luxueuse que la sienne, même si elle possédait en plus un petit coin repas. Il était assis devant une coiffeuse transformée en bureau et jonchée de papiers – ce qui changeait des dizaines de flacons d'Ida.

Plongé en plein travail, il avait remonté ses manches et chaussé une paire de lunettes. Emily, impressionnée par son aspect sérieux, bredouilla faute de mieux :

– Vous m'aviez proposé de venir prendre le thé…

Il abandonna son expression concentrée et son visage se fendit d'un sourire chaleureux.

– Mais oui, Emily, je t'ai invitée !

– Je savais bien que ce n'étaient pas des paroles en l'air, dit-elle, soulagée, avant de s'installer confortablement dans un gros fauteuil.

– Et si nous commandions du thé, dans ce cas, hein ? Je vais presser sur la sonnette.

– Vous semblez très occupé.

– Occupé ? Je suis toujours occupé ! Mais jamais trop pour te voir. De plus, ces corvées de paperasse sont assommantes, déclara-t-il en ponctuant sa phrase d'une claque sur le genou. Je préfère cent fois bavarder avec toi.

– Oh, tant mieux. Parce que j'ai plein de choses à vous raconter.

Il fronça les sourcils d'un air comique.

– J'ai l'impression que l'affaire est grave.

– Elle l'est.

– Le goûter d'abord. Ensuite tu m'expliqueras ce qui te chagrine. Un plateau de thé anglais digne de ce nom pour deux personnes, s'il vous plaît, dit-il au groom – qui n'était autre que Bobby, arrivé sans traîner sur ses patins.

Bobby adressa un sourire discret à Emily.

– Tout de suite, monsieur Bamberger.

Le goûter, apporté par un steward beaucoup plus guindé, fut splendide. Il se composait de scones, de confiture et de crème ; de sandwichs au beurre d'anchois ; d'éclairs ; de moelleux et de cake aux fruits. Il y avait aussi de la gelée tremblante dans de petites jattes en verre.

Il fallait un solide appétit pour dévorer tout ça.

La conversation fut plaisante, malgré quelques révélations très tristes. M. Bamberger parla de sa fille, qu'il avait perdue à la naissance en même temps que sa jeune épouse, quelques années auparavant. Alors son visage rond et charnu s'allongea et s'obscurcit de pensées lugubres.

Il montra une photo de sa femme à Emily, qui se leva pour la regarder de plus près. Elle avait un visage doux, avec des cheveux bruns relevés et elle portait une belle robe ample.

Avant qu'il ne sombre dans la mélancolie, elle évoqua ses propres parents, archéologues, morts du choléra pendant une fouille en Égypte, quatre ans plus tôt. Elle précisa toutefois qu'elle était heureuse maintenant avec les deux tantes adorées chez qui elle vivait.

– Peut-être allez-vous rencontrer quelqu'un d'autre et vous remarier ?

Elle évita sciemment de mentionner Radmilla puisque apparemment, leur aventure s'était terminée.

– Personne ne remplacera jamais ma femme. (Il sourit avec nostalgie et regarda autour de lui.) Mais il me reste une flotte de magnifiques navires et une vie agréable. Même s'il y a parfois des décisions difficiles à prendre. Par exemple : devrais-je vendre une partie de la compagnie à M. Fink ? Qu'en penses-tu, Emily ?

Il se cala dans son fauteuil et s'essuya la bouche avec une serviette d'une blancheur impeccable.

– J'ai peur de ne rien connaître au commerce, répondit humblement Emily.

Mais il savait déjà qu'elle n'avait pas la réponse à sa question. Il ne sollicitait pas vraiment son opinion – il la taquinait comme le faisaient souvent les adultes pour s'amuser de la naïveté des enfants.

– Si je possédais la compagnie de navigation Shining Seas, je la garderais tout entière pour moi ! ajouta-t-elle vivement.

– Même si on t'en offrait une grosse somme d'argent qui te permettrait de construire des bateaux encore plus beaux et rapides ?

– Plus beaux que le *Princess May* ?

Emily fronça les sourcils et M. Bamberger s'esclaffa.

– Vous voulez vraiment remporter le Ruban bleu, monsieur Bamberger ? J'aimerais que cette croisière dure le plus longtemps possible !

– Je suis d'accord avec toi. Mais ce serait un honneur pour moi d'informer ton roi que nous avons battu le record de vitesse. (Il sourit et contempla le portrait de sa femme, comme s'il cherchait son approbation.) Néanmoins, le capitaine doit penser en priorité à la sécurité des passagers. Elle passe avant la vitesse, bien entendu.

La transition était toute trouvée pour aborder les incidents subis par certains invités au cours des deux derniers jours. Emily se pencha en avant et fixa son hôte avec intensité.

– C'est en partie pour cette raison que je suis ici, monsieur Bamberger.

– Je t'écoute, Emily !

Elle révéla la découverte d'une tache de mazout dans leur couloir la nuit précédente, et le sabotage de la chaise longue de Radmilla, laquelle portait, elle aussi, la signature du coupable sous la forme d'une goutte de mazout. Elle insista sur la crainte de Radmilla de voir sa carrière de danseuse détruite à cause d'une mauvaise blague.

Elle observa très attentivement le visage de M. Bamberger chaque fois qu'elle faisait référence à la ballerine. Tenait-il encore à elle ? Mais il ne trahit aucune émotion – c'est tout juste s'il plissa les yeux.

Enfin, elle expliqua la mésaventure de Mme Cartmell. Pour prouver la véracité de son récit, elle sortit ses trois mouchoirs tachés de noir.

M. Bamberger les étudia avec attention, chacun leur tour. Ils disparaissaient presque dans sa grande paume épaisse.

– Vous voyez, j'ai prélevé des échantillons, dit-elle. C'est chaque fois le même liquide.

– C'est exact.

– Le gilet de sauvetage de Mme Pope était enduit de mazout lui aussi. Et puis il y a Ida qui a vu un fantôme et Mme Pope qui a entendu des bruits de pas pendant toute la nuit.

– Donne-moi les détails.

Quand Emily eut terminé ses explications, M. Bamberger se renfonça dans son fauteuil. Il ne paraissait pas aussi inquiet qu'elle l'aurait cru. En fait, il semblait surtout repu de thé et de gâteaux, parfaitement détendu… et même un peu amusé.

– Je crois, monsieur Bamberger, que quelqu'un essaie de mettre vos invités en danger de façon à vous faire porter le chapeau et à nuire à la réputation du navire. Personne ne voudra plus voyager à bord du *Princess May* si les incidents se multiplient !

– Emily, mon enfant, dit gentiment M. Bamberger. Je ne veux pas que tu te tracasses à ce sujet. Je t'accorde que nous avons à bord un plaisantin qui joue des sales tours et qui gaspille le fioul. Si ses jupes sont abîmées, Cornelia va me le faire payer très cher ! Mais je ne crois pas qu'il faille s'alarmer outre mesure. Il pourrait s'agir d'un de nos grooms. Ils sont jeunes et ils adorent les farces. Le coupable est peut-être allé un peu trop loin avec la chaise longue de Radmilla, mais grâce à toi, il n'y a pas eu d'accident.

» Quant au fantôme d'Ida et de Mme Pope – eh bien, nous avions parlé du pauvre garçon qui s'est noyé pendant le dîner. Muriel Pope semble être d'un naturel anxieux, d'après ce que j'ai pu voir à table. Et les imaginations les plus sensibles sont promptes à s'enflammer la nuit.

– Ida n'est pas du tout comme ça, objecta Emily.

– Tu n'as pas vu de fantôme, toi ?

– J'ai aperçu quelqu'un mais…

– Je ne crois absolument pas aux spectres et je serais très surpris que ce soit ton cas.

Il regarda longuement Emily. Ses yeux ne riaient plus du tout maintenant.

– Écoute. Ne te tracasse pas. Les gens se comportent parfois bizarrement sur les bateaux, quand ils sont coupés du reste du monde. Les ragots et les rumeurs se répandent facilement. Les passagers s'alarment. Les choses les plus anodines prennent des proportions gigantesques. Je veux que cela reste entre toi et moi. Ce que nous nous disons ici est confidentiel. D'accord ?

– D'accord, dit Emily, qui adorait les secrets et la saveur piquante du mot « confidentiel » sur sa langue. Alors je pourrai revenir prendre le thé ?

– Évidemment.

M. Bamberger sourit. Le bateau tangua soudain et le dernier éclair roula irrésistiblement vers Emily.

– Ravi de constater que tu ne souffres pas du mal de mer, ma petite Emily !

Bien sûr, c'était typique des adultes : ils ne vous prenaient jamais au sérieux jusqu'à ce que quelque chose de vraiment grave se produise. Même le gentil M. Bamberger.

Enfermé, absorbé par sa paperasse, il ignorait tout. Mais si elle prenait le goûter avec lui chaque jour, elle pourrait au moins l'informer de l'évolution de la situation. Ainsi raisonnait-elle en quittant sa cabine cet après-midi-là.

M. Fink ne lui parlerait sûrement de rien, même s'il souhaitait racheter une partie de sa compagnie. Il était peu probable que cet homme remarque quoi que ce soit qui n'ait pas un rapport direct avec l'argent. Elle n'aimait pas beaucoup M. Fink.

Il lui revenait donc à elle, Emily Evans, de protéger M. Bamberger. Les choses allaient de travers à bord du *Princess May*. Elle allait mener l'enquête et découvrir exactement ce qui se tramait.

Tandis qu'elle descendait le couloir, elle aperçut Bobby au loin sur ses patins et elle courut après lui.

– Bobby ! Je veux te poser une question importante !

Il voulut frimer en exécutant un parfait demi-cercle sur ses roulettes. Il faillit perdre l'équilibre et se rattrapa de justesse en se tenant au mur, sous les yeux inquiets d'Emily.

– Hum ! Vas-y, camarade, je t'écoute. Qu'est-ce qui se passe ?

Emily se flatta d'être toujours sa « camarade », malgré ses récentes retrouvailles avec Ida.

– Voilà, murmura-t-elle, tout en surveillant un couple qui marchait vers eux. As-tu remarqué si un des grooms avait les mains sales ? Tachées de mazout, par exemple ?

– Bien sûr que non, répondit-il, indigné, en oscillant dangereusement sur ses patins. Nos mains sont inspectées trois fois par jour par le chef steward ! On a intérêt à être propres comme des sous neufs !

– Quelqu'un fait des blagues aux invités de M. Bamberger. Il renverse du mazout, entre autres choses.

– Je te jure que ça ne peut pas être un groom. On tient à garder nos places, nous !

– Bon… Mais si tu vois un de tes collègues se comporter de manière suspecte, tu me le diras ?

Il fronça les sourcils.

– Suspecte… comment ?

– C'est toute la question…

Chapitre 9

À la fin du dîner, l'océan s'était assagi et le bateau, stabilisé.

Arthur avait joué au piano pendant le service dans la salle à manger de première classe, mais un orchestre officiait ce soir-là dans la salle de bal. Dès que le repas fut terminé, il fut donc libre. Ida et lui partirent danser bras dessus, bras dessous, avec Emily sur les talons.

Celle-ci portait sa plus jolie robe de mousseline. Ida lui avait soufflé l'idée de relever ses cheveux et lui avait prêté une pince ornée de pierreries pour les décorer. Emily se sentait mal à l'aise sans ses vêtements de tous les jours et avec cette nouvelle coiffure, mais M. Bamberger la complimenta sur son allure. Le capitaine Boniface était là aussi, brun et magnifique dans son uniforme d'un blanc étincelant ; il était entouré de dames, dont Mme Cartmell, toute palpitante d'émotion.

Il se faisait tard. Emily tentait de garder Ida et Arthur à l'œil, mais ses paupières n'arrêtaient pas de se fermer.

Après avoir longtemps hésité, Elmer demanda avec espoir :

– Tu aimerais partager une danse avec moi, Emily ?

– Où est ta mère ?

– Elle parle avec le capitaine.

Emily s'imagina faire un tour de piste dans les bras d'Elmer. Ce serait tellement embarrassant. Il lui marcherait sur les orteils, elle écraserait les siens. Et comble de l'horreur, il serait capable de poser sa tête tout huilée contre la sienne ! Ils mesuraient environ la même taille – il était même un peu plus petit. Pourtant cela lui fit mal au cœur de refuser.

– Tu peux t'asseoir à côté de moi si tu veux, proposa-t-elle en le voyant se décomposer.

Il s'installa vite avant qu'elle ne change d'avis. L'orchestre jouait très fort, ce qui rendait les conversations compliquées. Elmer profita d'une brève pause des musiciens pour chuchoter à Emily :

– Dis, si ma mère fait partie des suspects, je n'ai plus le droit de t'aider pour l'enquête ?

– Il n'y a pas d'enquête, Elmer. Je n'ai pas trouvé un seul indice. En plus, M. Bamberger est certain qu'il s'agit de blagues de grooms. Il a peut-être raison. Je ne sais pas encore.

Elmer, mi-soulagé pour sa mère, mi-déçu, lança :

– Alors… pas de mystère ?

– Sans doute pas, soupira Emily après réflexion.

Quelques instants plus tard, il bâillait à s'en décrocher la mâchoire. Emily ne put s'empêcher de l'imiter. Il finit par marmonner un « bonne nuit » avant de prendre congé. Elle parvint à lutter contre le sommeil un peu plus longtemps, jusqu'à ce qu'Ida s'approche en flottant dans sa robe légère bleu glacier.

– Emily, ma chérie. Il est très tard. Que penserait Tante Dorothea ?

Cette phrase fit naître chez elle une bouffée inattendue de mal du pays. Comment se débrouillait Tante Dorothea sans elle ? Vraiment, elle se sentait responsable de tant de personnes !

Ida l'embrassa.

– Arthur et moi, on peut survivre sans toi, tu sais.

À peine avait-elle quitté l'atmosphère lourde et capiteuse de la salle de bal qu'elle retrouva tous ses esprits. Arrivée sur le pont principal, elle décida de sortir regarder les étoiles. Elles brillaient fort ici, loin du brouillard et des réverbères de Londres.

Il était si tard que même les portiers étaient partis se coucher. Si tard que pour une fois, elle ne croisa aucun couple d'amoureux enlacés et occupés à se manger des yeux au lieu de contempler l'océan – pourtant nettement plus intéressant, selon elle.

Emily était seule. Les étoiles scintillaient, tel un voile de soie pailletée sur le grand dôme noir du ciel. Elle inspira une profonde bouffée d'air sauvage et salé, et traversa le pont en sautillant jusqu'au bastingage.

Elle se pencha et regarda la coque fendre les vagues d'un noir d'encre, laissant derrière elle une traînée de bulles blanches, comme si tout un banc de poissons était remonté à la surface en même temps. Les courants d'air picotaient ses joues chaudes et elle se sentit soudain euphorique.

Elle était libre ! Il était tard, en pleine nuit, et elle se trouvait seule sur le pont, sans Tante Dorothea pour lui dire d'aller au lit.

Elle ne resta pas seule bien longtemps.

Elle crut entendre la porte à double battant s'ouvrir et se refermer furtivement. Quelqu'un avançait sur le pont en cachette.

Elle fut saisie par un horrible pressentiment. Elle se cramponna au parapet et tourna la tête. Elle entrevit les reflets fugaces d'une salopette jaune, surmontée d'une casquette plate qui masquait les traits de l'intrus. Puis elle perdit la silhouette de vue parmi les ombres, le long du bastingage.

Un frisson la parcourut de la tête aux pieds. Non, elle ne croyait pas aux fantômes… si ?

Elle resta immobile et muette, la main crispée sur le parapet, comme collée par la glace, à scruter l'obscurité. Quelque chose bougeait. Son cœur battait horriblement vite.

L'eau glissait contre la coque du paquebot. On ne distinguait qu'un faible clapotis. Emily attendit, pétrifiée, pendant ce qui lui parut une éternité. Le fantôme s'était-il évanoui en fumée ? Où était-il passé ?

Tout à coup elle vit un bras levé, plus noir que la nuit.

Un objet tomba dans les flots en scintillant pendant sa chute. À cette distance, impossible de deviner ce que c'était. Elle crut entendre des éclaboussures quand il percuta la surface de l'eau – à moins que ce ne soit le ressac ?

Ensuite la silhouette dut s'écarter du parapet. Il y eut un nouvel éclair jaune, les portes s'entrebâillèrent et le spectre disparut.

Emily compta quelques secondes puis elle fonça derrière le « fantôme », décidée à le suivre ! D'abord, un vrai fantôme aurait traversé la cloison, lui !

Le palier de l'ascenseur, vivement éclairé par des ampoules, était désert. Emily s'arrêta et regarda autour d'elle. Quel couloir emprunter ? Elle avait le choix entre quatre coursives, opposées deux à deux.

Discernant un reflet jaune, elle partit tête baissée. Hélas ! Ce n'était qu'une passagère en robe de soirée couleur citron qui rentrait à sa cabine.

Elle s'enfonça dans le couloir parallèle après le virage et passa devant une succession de portes closes. Elle progressa doucement dans la pénombre, en se tenant à l'écart des lampes tamisées.

Rien.

Alors qu'elle retournait bredouille à sa cabine, une vision la cloua sur place.

Le fantôme rôdait au niveau de la boucle, au bout de son couloir. Il semblait plus grand que sur le pont à cause des lumières, et la salopette jaune trop grande avait l'air de flotter sur un corps immatériel. C'était effrayant.

Dolly sortit de sa cabine d'un pas traînant, toute somnolente. Elle portait un peignoir à fleurs, les cheveux bruns noués dans des papillotes. Elle avisa Emily.

– J'ai entendu un drôle de bruit, dit-elle en toquant à la porte voisine. Vera ? Vera ? Tu m'as appelée ?

Puis elle se tourna et aperçut la silhouette.

Elle poussa un cri retentissant. Son écho interminable résonna d'un bout à l'autre du couloir endormi. Bien sûr, il réveilla tout le monde. Les portes s'ouvrirent les unes après les autres et des visages affolés risquèrent un œil à l'extérieur de leurs chambres.

Emily s'élança ; ses cheveux s'échappèrent de leur pince et sa ceinture volait dans son dos. Quelqu'un devait rattraper ce plaisantin et le démasquer ! C'était lui qui avait provoqué tous les incidents à bord du *Princess May*. Si elle pouvait seulement voir le visage caché sous la casquette...

Trop tard. La silhouette s'était volatilisée.

Une agitation sans nom régnait devant les cabines de première classe. Dolly, le visage enduit de cold-cream, plus blanche qu'un spectre, continuait de hurler d'une voix perçante :

– Fantôme !

Des stewards accoururent. Ils offrirent des boissons chaudes et apaisantes, tout en chassant les grooms qui suivaient le spectacle, stupéfaits et hilares. Incapable de calmer la crise d'hystérie de Dolly, un monsieur tapa sa canne par terre et ordonna :

– Envoyez chercher le médecin de bord ! Cette dame a besoin de calmants !

– Je ne peux pas dormir avec tout ce boucan, se plaignit une vieille lady. Que se passe-t-il ? J'ai toujours voyagé en première classe et je n'ai jamais entendu un raffut pareil !

Emily distingua une suite de visages flous en traversant l'attroupement à toute allure. Il y avait un tel tohu-bohu que personne ne la remarqua : en général, les adultes ignoraient les enfants quand il se passait quelque chose d'important.

Elle atteignit le virage. Derrière elle, le tumulte ne désenflait pas. Elle passa le cagibi, les salles des stewards et des grooms.

Personne.

Pourtant les stewards avaient forcément croisé le farceur en répondant à l'appel des passagers. Où avait-il pu se cacher ?

Elle marqua une pause, à bout de souffle. Un garçon maigre en uniforme s'approcha d'elle sur des roulettes.

– J'ai entendu le tapage !

– J'essaie de trouver le fantôme, expliqua-t-elle.

Bobby fit une halte, les jambes écartées.

– J'ai repéré un indice, figure-toi !

– Quoi ?

– Ça !

Il montra du doigt un bout de tissu jaune pris dans la porte du cagibi.

Emily le saisit et tira dessus. Il était rugueux entre ses doigts, comme de la toile ou du coton épais, avec des extrémités déchiquetées. Il s'agissait clairement d'une étoffe de fabrication humaine, et pas du tout supranaturelle.

– C'est un bout de la salopette du fantôme ! Si ça se trouve, il se planque là-dedans !

La porte du cagibi ne trahissait pas la moindre complicité envers le farceur. Elle ne laissait échapper aucun son.

– Je vais ouvrir !

Emily prit une profonde inspiration et posa ses doigts gourds sur la poignée. Elle se sentait un peu nauséeuse, malgré la présence rassurante de Bobby. Elle poussa…

– Oh ! Elle est fermée à clé !

Elle regarda Bobby, désespérée.

Il haussa les épaules.

– Dommage. Ta piste s'arrête là.

– Quoi ?

– Eh bien, la porte a été verrouillée de l'extérieur, tu vois ? Donc personne ne peut se cacher à l'intérieur.

– Non, mais le cagibi renferme peut-être d'autres indices. À un moment donné, la personne qui portait cette salopette jaune est venue ici. Et s'il y avait une preuve incriminante à l'intérieur ? Nous devons ouvrir cette porte, Bobby. Tu ne peux pas récupérer la clé ?

Il semblait réticent.

– Difficile. Je ne peux pas me promener la nuit et ouvrir les portes sans permission. Ça pourrait m'attirer des ennuis.

– Mais qui volerait quelque chose dans un cagibi ? rétorqua Emily, exaspérée. Il n'y a que des brosses et des balais.

– N'empêche, je préfère pas, camarade. Désolé.

Elle fixa le fragment de tissu, désemparée.

– Bon, au moins tu as dégoté un indice. Si je le montre aux autres, ils sauront que ce n'est pas un fantôme que Dolly a vu.

Bobby parut soulagé.

– J'ai intérêt à filer avant qu'on me donne une course à faire. À plus ta…

Il n'eut pas le temps de terminer sa phrase : une armée de stewards s'approchait d'eux d'un pas décidé. L'un d'eux lança à Bobby :

– Fiche le camp, mon bonhomme ! Tu devrais être couché depuis longtemps. Le réveil sonne à cinq heures et demie demain, attention !

Bobby s'éloigna sans demander son reste.

– Nos excuses, mademoiselle, dit le steward à Emily. Vous vouliez quelque chose ?

– Eh bien, oui. Je veux que tout le monde puisse voir ce bout de tissu coincé dans la porte. Vous pourriez me le dégager ?

Le steward fit claquer sa langue.

– Qu'est-ce qu'il fait là, ce bout de chiffon ? Les femmes de ménage sont trop négligentes. Tout devrait être impeccable et parfaitement rangé à bord du *Princess May*.

– Ce n'est pas un chiffon… commença Emily.

Trop tard. Le steward avait arraché sa pièce à conviction d'un geste sec pour la fourrer aussitôt dans sa poche.

– Je vais m'en débarrasser sur-le-champ. Autre chose, mademoiselle ?

– Ben non…

Intimidée par son ton autoritaire et sa veste blanche empesée, elle n'osa pas protester. Elle regagna docilement son couloir, où la plupart des passagers de première classe avaient disparu, emportant les tasses de chocolat chaud offertes par les stewards.

Dolly continuait de se lamenter à l'intérieur de sa cabine. Emily entendit une voix profonde qui devait appartenir au médecin de bord. Il ne restait plus qu'Elmer dehors. Il traînait en chemise de nuit comme s'il l'attendait.

– Salut, Emily ! Dis donc, c'était excitant ! Un vrai fantôme de chair et d'os !

– Comment veux-tu qu'un fantôme soit de chair et d'os ? C'était juste quelqu'un qui portait une salopette jaune, comme ce pauvre garçon noyé. (Elle fronça les sourcils.) Où est ta mère ?

Il parut un peu embarrassé.

– Toujours dans la salle de bal, j'imagine. Elle espérait que le capitaine danserait avec elle.

Emily s'approcha.

– Écoute, Elmer. C'est vraiment important. Est-ce que tu te rappelles quels invités de M. Bamberger sont sortis de leurs cabines quand Dolly s'est mise à hurler ?

– Dolly ?

– Dolores Devine.

Il se frotta le front.

– Il y avait une telle pagaille. J'ai jeté un coup d'œil vite fait, et comme je ne voyais rien d'intéressant, je suis retourné me coucher. J'ai aperçu Mlle Devine au milieu de l'attroupement, bien sûr, et des tas de stewards et de grooms… Pourquoi c'est important ?

– Parce que ces personnes-là ne pouvaient pas jouer le rôle du fantôme en même temps. Et si tu essayais de te souvenir de qui n'était pas là, plutôt ?

– Oh… Eh bien, m'man, pour commencer – sinon elle m'aurait directement renvoyé au lit ; Mme Pope, qui doit s'occuper de m'man. Louie Leblank est toujours dans la salle de bal, ainsi que M. Bamberger et le capitaine, je crois.

– M. Bamberger et le capitaine ne risquent pas de déambuler en fantôme, s'impatienta Emily. C'est leur bateau !

Le coupable veut effrayer tout le monde, tu ne comprends pas ? Pour faire croire que ce navire a la guigne.

N'étant pas certaine qu'Elmer connaisse ce mot, elle ajouta plus gentiment :

– Qu'il est maudit, je veux dire.

Il hocha la tête, réfléchit, puis il eut une illumination soudaine.

– Je n'ai pas vu M. Fink non plus !

– Il est beaucoup trop raisonnable pour croire aux fantômes. Il a dû rester dans sa cabine à remplir des papiers, je suppose.

À moins que…

Hiram Fink semblait très contrarié cet après-midi-là. Il voulait racheter la compagnie de navigation Shining Seas à M. Bamberger. Si le *Princess May* perdait de la valeur et la compagnie, de l'argent, M. Bamberger serait plus sensible à son offre.

Était-ce la raison pour laquelle il n'était pas apparu à l'instant ? Se pouvait-il qu'il soit le « fantôme » ?

Chapitre 10

L'assistante du commissaire de bord toisa Emily avec dédain. Elle avait une expression anxieuse et des cheveux d'un gris foncé. La jeune fille était allée dans son bureau juste après le déjeuner, en compagnie d'Ida et d'Arthur, afin de trouver des déguisements pour la fête costumée du dernier soir.

– J'ai peur que nous n'ayons rien à sa taille, dit-elle à Ida. Nous ne proposons pas de costumes pour les enfants. Nous supposons qu'ils sont tous couchés lorsque la fête commence.

– Emily est, en quelque sorte, une adulte à titre honorifique, voyez-vous, expliqua Arthur.

La femme continua de taper le courrier du commissaire de bord sur sa machine à écrire.

– Je regrette. Il n'y a rien ici qui puisse lui aller.

Ida passa un bras autour des épaules de sa cousine.

– Ce n'est pas grave, ma chérie, la consola-t-elle. Nous te fabriquerons quelque chose qui sera tout aussi bien.

Tout de même, Emily ne put cacher sa déception tandis qu'Ida et Arthur rapportaient les habits empruntés dans leurs cabines pour les essayer.

Arthur avait choisi un déguisement de roi Neptune et Ida, celui de sa reine, composé d'un fourreau de soie scintillant comme de la nacre et prolongé d'une queue de sirène avec des écailles en sequins cousues sur l'arrière de la robe, qui lui faisait comme une traîne. Elle lâcha ses longs cheveux blonds et plaça sur les jolies boucles de son front un diadème en corail incrusté de coquillages.

– Comment tu me trouves ?

– Magnifique, murmura Emily, qui s'approcha en reniflant. Cela dit, il y a un problème avec ton odeur.

– Comment ça ? demanda Ida, alarmée.

– Tu devrais sentir l'eau salée, le poisson, les algues, la pieuvre, des choses comme ça. Salacie ne mettrait pas du parfum Guerlain, si ?

– Qui est Salacie ?

– Toi, bien sûr ! L'épouse de Neptune dans la mythologie romaine.

Ida secoua la tête.

– Tu sais tellement de choses, Emily.

– Si tu avais eu une préceptrice comme Mlle Poots, toi aussi, tu saurais beaucoup de choses.

Ida la regarda d'un air pensif.

– Tu sais, Emily, ta mère a bien fait les choses pour toi. Elle voulait que tu aies une bonne éducation, alors elle a engagé cette brave Pootsie. Elle savait que c'était important, l'éducation.

À cet instant, Arthur entra dans la cabine, splendide dans sa robe vert foncé, avec sa coiffe en écailles de poisson luisantes. Il aurait eu une allure encore plus auguste sans cette expression piteuse et embarrassée.

– Ida, vous êtes absolument merveilleuse !

– Vous aussi, Arthur chéri !

Emily en avait assez.

– Et moi, je vais me déguiser en quoi ?

Ils cessèrent de se contempler amoureusement et se tournèrent vers elle.

– Je pourrais être un de vos enfants ! proposa-t-elle gaiement.

Ida rougit et regarda Arthur d'un air hésitant.

– Oh, je ne crois pas que ce serait une bonne idée, Emily. Nous ne sommes même pas mariés !

– On croirait entendre Tante Dorothea, marmonna Emily, maussade. Ce serait seulement pour une nuit.

– Mais les gens pourraient s'imaginer des choses.

Arthur réfléchit.

– Pourquoi pas une créature marine ?

Le moral d'Emily grimpa en flèche.

– Une créature marine *exotique*.

Ce fut donc décidé. Ils se mirent aussitôt au travail.

Ida fournit une boîte à chapeau ronde avec des rayures rouges et blanches. Décorée de longues feuilles arrachées à son jupon de flanelle rouge, elle fit une excellente coiffe. Ils faillirent oublier de découper des trous pour les yeux dans le carton, mais l'erreur fut vite réparée. Arthur apporta une de ses chemises usées, qu'Emily enfila par-dessus son corset souple : elle lui descendait jusqu'aux chevilles et cachait ses bas noirs. Ida avait plusieurs foulards en soie à franges rouges, bleues ou vertes, qu'elle drapa et épingla autour d'Emily de façon à former des serpentins qui flottaient derrière elle quand elle marchait.

– Suis-je assez exotique ? demanda Emily, sa voix étouffée par le carton.

Elle distinguait Arthur qui l'étudiait avec attention à travers les trous de sa coiffe.

– Absolument. Tu as même l'air terriblement dangereuse. Si j'étais un poisson, je m'écarterais aussitôt.

– Parfait.

Elle tenta de se mirer dans la glace en pied de la cabine. Elle ne distinguait pas grand-chose, mais le peu qu'elle voyait lui semblait prometteur. Satisfaite, elle retira la coiffe avec soulagement et se défit des foulards.

Ensuite ils remirent leurs vêtements habituels et sortirent sur le pont-promenade.

C'était un mardi frais et venteux. La mer était d'un gris morne ; les sommets des vagues semblaient sales et boueux.

Ils s'installèrent dans les chaises longues sur la plage arrière, où la superstructure du navire protégeait des bourrasques. Des stewards accoururent avec des pichets. Aucun des autres invités de M. Bamberger n'avait osé braver les éléments.

Emily ouvrit son roman et se cala dans son transat.

Ida se lassa vite de son magazine. Elle marmonna qu'elle mourait de froid, bien qu'elle se soit de nouveau assise dans le mauvais sens, sous l'abri d'un immense auvent. Arthur essayait d'annoter un livre de musique. Il renonça au bout d'un moment et regarda la mer en fredonnant un petit air. Comme Emily voulait savoir ce que c'était, il répondit à voix basse :

– *La Mort du cygne*. Je l'apprends pour pouvoir accompagner le solo de Radmilla.

– Cette femme ! cria Ida, qui avait réussi à l'entendre.

– C'est une excellente danseuse, protesta doucement son fiancé.

Emily réfléchissait tout haut :

– J'ai du mal à l'imaginer en cygne… en train de mourir, en plus.

Les cygnes étaient des créatures éthérées et pures. Radmilla lui évoquait plutôt un personnage sombre et dramatique, comme Carabosse, la méchante fée du baptême de la Belle au bois dormant, vêtue de toiles d'araignée et de gaze noire – pas de plumes blanches. Mlle Poots l'avait emmenée voir ce ballet en guise de cadeau, un jour qu'elle avait particulièrement brillé en mathématiques.

– Tu verras, Emily : Radmilla va se transfigurer, promit Arthur. C'est ce que font toutes les grandes ballerines.

Emily s'interrogea : Radmilla serait-elle capable de se « transfigurer » en fantôme vêtu d'une salopette jaune ? Elle aurait pu scier sa chaise longue elle-même afin d'écarter les soupçons. Elle avait un mobile, après tout : la vengeance. M. Bamberger n'avait pas voulu l'épouser – même si Emily était convaincue qu'il le lui avait annoncé le plus délicatement possible. Mais admettons qu'elle ait été très en colère et contrariée ?

Emily s'aperçut qu'elle ne parvenait pas à se concentrer sur sa lecture. Pensive, elle sondait les flots sombres quand elle l'entendit.

Un cri très faible, provenant du côté sous le vent du bateau, le mieux abrité.

– Qu'est-ce que c'était ? dit-elle à Arthur.

Mais le pianiste, entraîné par ses rêveries, ne percevait ni le froid ni le moindre bruit.

Emily rejeta son plaid et bondit de sa chaise. Ida l'imita, laissant les pages de son magazine battre au vent. Tandis qu'elles traversaient le pont, Hiram Fink apparut. Il arrivait de la plage avant, comme s'il avait été alerté par le cri étouffé, lui aussi.

Cornelia Cartmell, sans chapeau, décoiffée par les rafales, se cramponnait au parapet comme si sa vie en dépendait – ce qui, de fait, s'avéra être le cas.

– On m'a attaquée ! annonça-t-elle, plus furieuse que paniquée. Quelqu'un a essayé de me pousser à l'eau ! Et regardez où est mon chapeau !

Ils se penchèrent au-dessus du bastingage. Montant et descendant courageusement sur la crête des vagues, comme un petit navire, voguait un chapeau beige.

– Un de mes préférés, en plus ! Il s'est envolé pendant que je me débattais.

– Avez-vous vu qui vous a poussée ? demanda Emily.

Mme Cartmell lui jeta un regard noir sous ses cheveux en bataille.

– Bien sûr que non, petite sotte ! Sinon je l'aurais aussitôt fait arrêter ! Je n'ai rien vu du tout. La voilette s'était détachée de mon chapeau à cause du vent et s'était plaquée sur mon visage. J'étais aveuglée !

– Que s'est-il passé exactement, Cornelia ? s'enquit Hiram Fink.

– J'ai senti une main puissante dans mon dos ; elle avait une force terrifiante. Heureusement que je me tenais au parapet, sinon je me noyais !

– Quel choc épouvantable ! s'écria Ida. Voulez-vous vous asseoir ?

– Non ! Je ne suis pas une infirme ! (Elle poussa un gros soupir.) Vraiment, ce bateau ! Et après, ce sera quoi ? Sommes-nous tous en danger ? Hiram !

M. Fink, qui l'avait écoutée avec les sourcils froncés, sursauta.

– Hiram, auriez-vous la gentillesse de m'accompagner prendre une tasse de thé ?

Il regarda autour de lui.

– Bien sûr, mais votre dame de compagnie n'est-elle pas avec vous ? Je ne voudrais pas usurper ses fonctions.

Emily comprit qu'il espérait se défiler.

– Elle est allée chercher un manteau. Elle prétendait avoir froid. Elle ne se couvre jamais assez. De plus, je ne refuserais pas le soutien d'un bras d'homme. Après le thé, j'irai rapporter toute cette histoire à Waldo. Il faut qu'il sache qu'il y a un assassin à bord !

Emily trouva intéressant qu'Hiram Fink soit arrivé aussi vite sur la scène du crime ; c'était suspect. Mme Cartmell s'appuyait maintenant sur lui de tout son poids, son bras fermement calé sous le sien.

À cet instant, Muriel Pope les rejoignit à petits pas pressés, les pans d'un manteau de laine d'une couleur difficilement identifiable tourbillonnant par-dessus sa jupe. Son expression angoissée devint encore plus torturée quand Ida l'informa de la situation. Elle se tordit les mains en secouant la tête.

– C'est ma faute. Je n'aurais jamais dû la laisser seule ! Elle va me le reprocher.

– Je ne crois pas ! Vous n'y êtes pour rien, la consola Ida.

– Mais si ! Nous nous promenions – Mme Cartmell apprécie les balades digestives, voyez-vous – et j'ai pris froid. J'étais transie jusqu'aux os. J'avais suggéré d'aller sur la plage arrière, qui est abritée, mais elle a prétexté que nous risquions de vous déranger et de manquer de place. Alors je suis allée chercher mon manteau. J'ai dû m'absenter une dizaine de minutes.

– Avez-vous croisé quelqu'un pendant votre promenade ? se renseigna Emily.

– M. Fink, de loin. Et quelques inconnus. C'est terrible de penser que quelqu'un a essayé de la noyer ! s'écria-t-elle, au bord des larmes.

– Peut-être devriez-vous aller secourir M. Fink, suggéra Emily. Il l'a emmenée prendre le thé.

– Oh, ciel ! Oui, tu as raison.

Elle leur jeta un dernier coup d'œil tourmenté et rebroussa chemin, le buste cassé pour résister au vent.

– Viens, Emily, il fait froid ici. Allons retrouver Arthur. J'avoue que je ne dirais pas non à une bonne tasse de thé.

Quelque chose gênait Emily ; elle avait l'esprit très embrouillé.

– Tu as remarqué le visage de M. Fink quand Mme Cartmell nous a raconté ce qui s'était passé ?

– Non. Pourquoi ?

– Il avait l'air de ne pas la croire. De penser qu'elle inventait des salades.

Et pourquoi serait-il dubitatif s'il était le coupable ? Ça ne collait pas.

Chapitre II

Quand Emily, Ida et Arthur se présentèrent dans le salon de thé de première classe, Mme Pope était en train de s'excuser auprès de M. Fink pour son absence, et de se justifier d'avoir abandonné sa patronne sur le pont.

Mme Cartmell sirotait son thé avec une expression agacée. Elle allait déjà mieux. Même sa coiffure était de nouveau impeccable.

M. Fink semblait pressé que les explications prennent fin afin de pouvoir s'éclipser sans passer pour un grossier personnage. À moins qu'il ne craigne, les discussions s'éternisant, d'être percé à jour ?

Toujours est-il qu'il ne tarda pas à filer en regardant droit devant lui, sans saluer personne.

Emily but son thé d'une traite et se leva.

– Je dois faire quelque chose. Je vous retrouve plus tard.

– Où vas-tu ? cria Ida, mais elle feignit de ne pas entendre.

Elle allait, bien sûr, rendre visite à M. Bamberger pour tout lui raconter et elle savait qu'Ida lui conseillerait de ne pas l'embêter.

Comme la veille, Hiram Fink quittait M. Bamberger au moment où elle arrivait. Elle se cacha dans le couloir et attendit. À son grand soulagement, il disparut dans la direction opposée sans la voir.

Elle toqua à la porte.

– Entrez !... Ah ! Emily, ma chère ! s'exclama M. Bamberger. Tu es revenue goûter avec moi ? Je vais appeler un groom.

Il lui souriait, jovial et accueillant, depuis son bureau. L'idée de lui apporter de mauvaises nouvelles la désola.

– Ce serait charmant. Mais je suis surtout venue vous parler de quelque chose.

Bobby entra et prit la commande en adressant à Emily un clin d'œil complice.

– Vous vous connaissez tous les deux ? s'étonna M. Bamberger.

– Nous sommes amis, dit Emily.

– Les jeunes gens ne se bousculent pas à bord. Tu dois te sentir seule.

– Pas du tout. Il y a Bobby, Elmer Cartmell, ma cousine Ida et mon merveilleux Arthur – et puis il y a vous, monsieur Bamberger !

Il parut heureux d'être associé à une si illustre compagnie. Emily enchaîna sans lui laisser l'occasion de prendre la parole :

– Il s'agit de la mère d'Elmer.

Un steward apporta un autre goûter somptueux. Emily se versa du thé, se servit de la confiture, de la crème et des scones sous le regard rieur de M. Bamberger, si bien qu'il lui fallut un bon moment avant de poursuivre :

– Quelqu'un a tenté de pousser Mme Cartmell pardessus bord cet après-midi ! Elle va venir d'une seconde à l'autre pour se plaindre !

– Alors nous ferions mieux de nous dépêcher de manger, répondit calmement M. Bamberger en réussissant l'exploit de loger trois scones à la fois sur son assiette.

– Monsieur Bamberger, vous ne comprenez pas ! Elle a failli se noyer !

– C'est ce qu'elle a dit, en effet. Hiram m'en a touché un mot.

– Mais vous n'êtes pas inquiet ? Il pourrait y avoir à bord quelqu'un qui…

– Je suis beaucoup plus angoissé par la perspective de la visite de Mme Cartmell ! (Il se pencha en avant et lui tapota le genou.) Ne te tourmente pas, Emily. Tu te souviens, nous avons convenu que tout ce qui se dirait ici resterait confidentiel – entre toi et moi ?

Elle hocha la tête.

– Eh bien, entre toi et moi, Mme C. aime bien attirer l'attention. Elle adore créer des drames et se mettre en scène dans le rôle de l'héroïne. Hiram et moi, nous la connaissons depuis longtemps. Nous l'avons soutenue quand son mariage battait de l'aile. Ah, un vrai mélodrame ! Mais elle a réussi à bâtir une affaire solide depuis la séparation et Elmer est un jeune homme sensé. Il deviendra quelqu'un de bien pour peu qu'elle lui fiche la paix.

– Alors selon vous, elle mentait ?

– Disons qu'elle a dû paniquer quand sa voilette s'est entortillée devant ses yeux et qu'elle a imaginé le reste.

– Elle a perdu son chapeau, quand même, et c'était un de ses préférés. Nous l'avons vu flotter sur l'eau.

– Il se sera envolé.

– Mais tout le monde va la croire et répéter qu'il y a un assassin en liberté !

M. Bamberger lui répondit avec la bouche pleine de gâteau – Tante Dorothea n'aurait pas approuvé.

– À ton avis, combien avons-nous de passagers à bord ?

– Je ne sais pas. Des tas.

– Exact. Et ils se souviendront d'un superbe bateau avec un excellent service et toutes les commodités à disposition. Ce qu'un seul passager de première classe peut raconter, ils s'en fichent pas mal.

– Et les autres personnes qui voyagent en première classe ?

M. Bamberger sourit, parfaitement décontracté.

– Je te confie la mission de les rassurer, Emily !

– Puncheur Smith écrit un journal de voyage qui sera sans doute publié !

– Je bavarderai avec lui. Il s'est toujours montré discret. C'est pourquoi je l'ai invité.

– Oh…

Cela coïncidait avec les dires de Vera, selon laquelle le journaliste s'était abstenu de révéler quoi que ce soit au sujet de la relation de M. Bamberger et de Radmilla.

Soudain, la porte trembla sous des coups tonitruants et une voix cria :

– Waldo ?

Emily porta une main à sa bouche.

– Oh Seigneur. Elle a fini son goûter !

– Je m'en sortirai, affirma M. Bamberger. Maintenant Emily, tu dois filer, et ne t'inquiète pas pour moi. Amuse-toi ! Reviens me voir bientôt pour me raconter tout ce qui se passe sur mon bateau !

Mme Cartmell, plantée sur le seuil, bloquait la sortie. Emily se faufila dehors comme elle put.

– Je suis ravie que vous soyez rétablie, madame Cartmell, dit-elle poliment, en essayant de ne pas rire des grimaces que Bobby faisait derrière sa silhouette imposante.

– Que fait cette enfant ici, Waldo ?

– Elle prenait le goûter avec moi, Cornelia. Je suppose que vous êtes ici pour la même raison. Je suis très demandé cet après-midi !

– Ce n'est pas une visite de courtoisie, Waldo ! Figurez-vous que…

Emily n'entendit pas la suite. Bobby referma la porte et chuchota :

– C'est quoi, cette histoire ? Sa Majesté est très énervée.

Emily l'attira loin des oreilles de l'intéressé, et lui relata les derniers événements.

Bobby siffla entre ses dents.

– Ben ça, mon vieux ! Dommage qu'elle soit pas vraiment tombée à la flotte, hein ?

– Arrête ! Ç'aurait été encore pire pour M. Bamberger ! Tu imagines, si quelqu'un bascule par-dessus le bastingage de son nouveau bateau ? Le problème, c'est que je n'arrive pas à lui faire prendre conscience de la gravité de la situation. Il n'a pas du tout l'air inquiet.

– M. Bamberger n'est pas du genre à se tracasser. Il est d'un tempérament optimiste. Il traverse la vie comme son paquebot fend les flots – en général, il ne rencontre aucune difficulté. Nous nous efforçons tous de lui plaire. C'est un bon patron, il ne fait pas d'histoires. Tous les gens qui travaillent pour lui le respectent et ne veulent pas perdre leur emploi, tu me suis ?

Emily hocha la tête d'un air grave.

– Alors c'est à toi, Emily Evans, de résoudre ce mystère. Tu vas y arriver, hein, camarade ?

– Bien sûr, répondit-elle d'un ton assuré.

Avant le dîner, tandis qu'Ida était occupée à se rendre encore plus belle qu'elle ne l'était déjà devant le miroir de leur cabine, et que le parfum doux des crèmes et des poudres se répandait dans l'air, Emily ouvrit son carnet. Elle repensa à ce qu'elle avait appris au sujet des invités de M. Bamberger depuis le début de la traversée.

Puis elle se mit à écrire.

Qui veut détruire la réputation du Princess May ?

Suspects :

Louie Leblank – ?? espionne pour le mari de Mme Cartmell (peu probable puisqu'il a été congédié ?)

Cornelia Cartmell – ?? pour rendre service à son mari (E.C. dit qu'ils ne vivent plus ensemble, mais peut-être essaie-t-elle de le reconquérir). Prétend que quelqu'un a tenté de la pousser par-dessus bord mais pourrait mentir

Puncheur Smith – désespère de rapporter une histoire sensationnelle

Radmilla Oblomov – par vengeance (M. Bamberger ne l'a pas épousée) ?? A-t-elle scié sa propre chaise longue ?

Hiram Fink – veut racheter la compagnie

Muriel Pope – n'aime pas Mme Cartmell. Elle aurait pu aller chercher son manteau puis pousser C.C. (Mais que conclure de son gilet de sauvetage mazouté ?)

Dolly – a vu le « fantôme » donc peu probable

Vera – affirme qu'elle dormait pendant l'épisode du « fantôme » (??)

Ida, vêtue d'une superbe robe bleu cobalt ornée de perles, regarda Emily avec compassion.

– Quelle honte que Poots t'ait donné du travail pendant les vacances ! Allez, tu ferais mieux de te changer pour le dîner maintenant.

– Je peux t'emprunter ta pince ?

Emily s'apprêtait à déboutonner son tablier quand quelqu'un toqua fort à la porte.

– Oh, mes aïeux ! Arthur est déjà là, s'affola Ida.

Les coups reprirent, de plus en plus impatients.

Emily, d'un bond, gagna la porte et l'ouvrit.

Ce n'était pas Arthur. Mais Elmer, pâle comme un linge et tremblant.

– C'est m'man, Emily. Elle a disparu !

Chapitre 12

Arthur arriva de sa cabine, vêtu pour le dîner d'un costume blanc éblouissant qu'Ida lui avait offert pour la croisière.

– Alors, vieille branche, dit-il gentiment, quoi de neuf? Tu fais un sacré raffut.

– C'est ma m'man, expliqua Elmer, malheureux. Elle n'est pas dans sa chambre. D'habitude, elle se change pour la soirée, puis elle vient me chercher en face dès qu'elle est prête et on descend ensemble avec Mme Pope. Elle n'est jamais en retard!

– Ça ne veut rien dire. Elle doit siroter un cocktail quelque part.

– Mais si, insista Elmer. Vous ne comprenez pas. Elle m'aurait prévenu. Elle me confie tout maintenant que mon père… n'est plus là. Quelqu'un a essayé de la pousser par-dessus bord cet après-midi ! s'écria-t-il avec un regard implorant. Peut-être que la même personne est en train d'essayer de la tuer maintenant !

– Je parie qu'elle est restée avec M. Bamberger, dit Emily. Ils allaient prendre une tasse de thé ensemble quand je les ai laissés. Peut-être qu'à la place du thé, elle a bu un bon remontant à cause de l'incident et que depuis, elle digère son remontant !

– Et si nous allions dans la salle à manger ? proposa Arthur. Je suis certain que ta mère nous y rejoindra bientôt, Elmer.

– Oui, viens avec nous, Elmer, acquiesça Ida. Je parie que ta maman va rappliquer tôt ou tard, tu verras !

Emily n'en était pas si sûre. Deux incidents mettant en scène le même protagoniste, qui s'enchaînaient à quelques heures d'intervalle – cela lui paraissait un peu gros pour une coïncidence.

Elle garda son tablier et sa robe courte de tous les jours et suivit les autres sur le chemin de la salle à manger. Elle avait l'impression désagréable d'être une écolière perdue au milieu des longues robes qui froufroutaient, des têtes couronnées de diadèmes et des cous parés de diamants étincelants. Elle n'avait même pas eu le temps de se brosser les cheveux, mais elle était convaincue qu'une anthropologue ne devait pas se soucier de ce genre de frivolités.

Les invités de M. Bamberger étaient tous rassemblés à leurs places habituelles, à l'exception de Mme Cartmell et de M. Bamberger lui-même. Surpris de constater qu'Elmer venait sans sa mère, ils échangèrent des coups d'œil interrogateurs.

– Oh Seigneur, murmura Mme Pope. Ça ne lui ressemble pas d'être en retard pour le dîner.

Elmer balaya la salle d'un regard désespéré, comme si sa mère pouvait avoir eu l'idée de se cacher sous une table. Il finit par se résigner et s'assit entre Emily et Ida.

– Ne te laisse pas abattre, mon chou ! dit cette dernière en prenant un menu. Regarde, on va nous servir cette drôle de soupe de bouillon en entrée.

– Tu dois être affamé, renchérit Emily. Tu n'as eu que de la glace au déjeuner !

– Je n'ai pas faim, dit-il.

Les autres invités, libérés de la présence dominatrice de Mme Cartmell et de ses opinions tranchées, discutèrent bruyamment tandis que les larmes montaient aux yeux du garçon.

Emily repoussa son bol de consommé Célestine. En fait, elle n'avait pas très faim, elle non plus. Elle prit la main d'Elmer sous la table et la serra, tout en écoutant les conversations des adultes.

– Je n'ai rien vu de l'agression, expliquait Muriel Pope d'une voix geignarde. J'étais allée chercher mon manteau, voyez-vous. Quel choc !

Emily se demanda si elle disait la vérité.

– Intéressant, marmonna Puncheur Smith en sortant son carnet de la poche intérieure de sa veste blanche. J'aimerais en savoir plus, si ça ne vous dérange pas…

Hiram Fink répondait à une question d'un ton contrarié :

– Non, je ne suis pas resté assis sur le pont aujourd'hui. Il y avait trop de vent. Mes papiers se seraient envolés. Je suis allé faire une petite promenade, oui. Je n'étais pas à proximité. Je n'ai pas vu ce qui s'était passé.

Dans sa tête, Emily nota : **Mais HF présent quand Ida et moi sommes arrivées sur les lieux. Suspect ?**

– Cette jourrrnée a été si mouvementée, clama Radmilla, les prunelles luisantes sous un bandeau grec incrusté de pierres. Je regrrrette de ne pas avoir aperçu ce fantôme !

Vera donna un coup de coude à Dolly.

– Ç'aurait été quelque chose, hein, Dolly ? Mme Cartmell jetée à l'eau par un fantôme !

Elles pouffèrent de rire derrière leurs mains. Elles venaient de passer un temps considérable accoudées au bar de première classe, où elles s'étaient amusées à flirter de manière éhontée avec un jeune barman impressionnable. Elmer entendit le commentaire de Vera et se mordit la lèvre.

Emily jeta des regards noirs aux comédiennes, mais elles n'y prêtèrent aucune attention.

– Ce n'était pas un fantôme, dit-elle.

– C'était un assassin ! affirma Muriel Pope d'une voix chevrotante.

– Un assassin fantôme ? répéta Dolly en frissonnant.

– Eh, il est peut-être en train de récidiver en ce moment même ? plaisanta Vera en désignant le siège vide de Mme Cartmell. Je rigole, Dolly ! ajouta-t-elle en voyant son amie pâlir.

– Arrête, Vera ! Je vais faire des cauchemars à cause de toi ! Et puis... tu vas inquiéter le petit, chuchota-t-elle.

– Ressaisis-toi, Elmer, ça pourrait être pire !

Vera, contente d'elle, partit d'un grand rire hystérique.

– Je savais depuis le départ que ce voyage nous rrréserverait de mauvaises surprises, soupira Radmilla.

– Je propose que nous passions commande, les interrompit Arthur. Mme Cartmell nous rejoindra pendant le repas, je n'en doute pas un instant.

– Vous avez raison, jeune homme, approuva Hiram Fink. Il est possible que Cornelia soit un peu souffrante suite à cet après-midi et qu'elle prenne son repas dans sa chambre.

Son expression sombre suggérait qu'il ne croyait pas lui-même à ce qu'il avançait.

D'une certaine façon, même absente, Cornelia Cartmell continuait de dominer et de monopoliser les discussions.

– Je ne l'ai pas entendue rentrer pour se changer, osa Muriel Pope. J'ai trouvé cela bizarre sur le moment. Il régnait un silence total dans sa cabine. Normalement, elle me prévient quand elle descend.

Mme Pope semblait avoir enfilé sa robe démodée en catastrophe, comme d'habitude. Assise près de Radmilla, elle ressemblait à un vilain papillon de nuit bourdonnant à côté d'un superbe papillon exotique.

– Je me demande si je ne devrais pas aller la chercher ?

Arthur lui tapota la main.

– C'est inutile, madame P. Elle sera ici dans une seconde, j'en mettrais ma main au feu.

Les minutes s'écoulèrent. Les invités engloutirent leur poisson, les entrées, les desserts, les fromages et attaquèrent les mignardises sans entrevoir la silhouette imposante de Cornelia Cartmell.

Elmer s'affaissait de plus en plus sur sa chaise.

– Ta mère a pris le thé avec M. Bamberger, lui dit Emily. Elle avait de nombreuses raisons de se plaindre. Elle est sans doute en train de se changer, maintenant.

Une grosse larme roula sur le nez du garçon.

– Je croyais que tu ne l'aimais pas ! chuchota Emily.

– Non, renifla-t-il. Mais c'est ma mère. Je ne veux pas qu'il lui arrive du mal… Qu'elle se noie, par exemple.

Il ravala sa salive. Arthur tenta de lui remonter le moral :

– Je vais te dire : après le dîner, nous irons voir si sa cabine est toujours vide. Ensuite nous irons vérifier les salons et les bars.

– Je viendrai avec vous, annonça courageusement Mme Pope. C'est mon devoir, après tout.

– Elle s'est sans doute perdue, conjectura Ida. C'est si facile sur un paquebot de cette taille.

– Non, pas ma mère, dit Elmer. Elle est habituée aux hôtels immenses.

Le repas se termina dans une ambiance morose qu'Arthur, malgré une interprétation enlevée du ragtime « Maple Leaf Rag », ne parvint pas à alléger. Pendant ce temps, Emily observait les convives en se cachant derrière la longue carte des vins.

Les actrices faisaient des messes basses, tandis que Puncheur Smith feuilletait les pages griffonnées de son carnet vert, maintenant légèrement écornées, l'air pressé d'entamer un nouveau compte rendu sur la disparition de Mme Cartmell et sa malheureuse expérience de l'après-midi. Radmilla boudait en roulant ses immenses yeux noirs. Hiram Fink étudiait le menu avec une tête de six pieds de long. Mme Pope fixait la porte de la salle à manger en éparpillant des miettes de toasts gratinés sur la nappe.

Louie Leblank fit une entrée fracassante et soudaine, comme toujours.

– Tout va bien, mes amis ? Le dîner vous convient ?

Elmer se renfrogna et détourna les yeux, son inimitié pour Leblank prenant le pas sur son angoisse. Celui-ci lui ébouriffa les cheveux avec familiarité et il se recroquevilla sur sa chaise.

– Eh bien, jeune Elmer, pas d'appétit ce soir ? Alors que le *Princess* ne tangue même pas, contrairement à hier ! J'ai entendu parler de la soupe de concombre !

Il rit méchamment, en invitant d'un coup d'œil appuyé les autres invités à partager cette plaisanterie aux dépens de la femme de son ex-employeur.

– Il a perdu sa mère, grogna Hiram Fink.

– Oups, mauvaise nouvelle ! Où peut-elle donc être ?

Emily jugea sa question parfaitement idiote, puisque personne ne pouvait y répondre.

– Pourquoi portez-vous des gants, monsieur Leblank ? demanda-t-elle.

Il s'agissait de gants de coton blanc comme en portaient les stewards.

Louie Leblank croisa les mains dans son dos dans un geste étrange, presque coupable.

– Eh bien, vous êtes très observatrice, mademoiselle Emily ! Si vous tenez à le savoir, je me suis coupé en me rasant ce matin.

– Peut-être devriez-vous montrer la plaie au médecin de bord.

– Peut-être, répliqua-t-il froidement.

Emily écrivit mentalement : **Pourquoi Louie Leblank porte-t-il des gants ? Est-ce parce qu'il s'est coupé en sciant la chaise longue de Radmilla ?**

Mais elle l'aurait sûrement remarqué si sa main avait saigné ce matin-là ?

Hiram Fink se mit debout.

– J'aimerais discuter un instant avec vous, monsieur Leblank, dit-il d'un ton grave.

Emily tendit l'oreille. Elle entendit M. Fink parler de « procédure habituelle », puis elle saisit « officier en second » et « sonner l'alarme », pendant que Puncheur Smith triturait son carnet.

En réalité, tout le monde écoutait. Lorsque les mots « personne à la mer » furent prononcés, ils échangèrent des coups d'œil consternés. Il semblait à Emily que Fink parlait plus fort que nécessaire. Elmer souffla dans son mouchoir.

– N'est-ce pas un peu trop tôt pour ça ? protesta Arthur.

Emily écrivit encore dans sa tête : **M. Fink veut-il DÉLIBÉRÉMENT effrayer tout le monde et laisser à penser que Mme C. est tombée/a été poussée par-dessus bord ? Est-ce suspect ?**

Craignant qu'Elmer ne commence à paniquer, elle se leva et tira sa chaise.

– Viens, entamons les recherches !

– Si vous allez tous les deux à la cabine, dans ce cas, Ida et moi irons explorer les salons, déclara Arthur.

Muriel Pope se cramponna à la table pour se soutenir et se leva à son tour.

– Je dois vous accompagner, jeune homme. Si, j'insiste !

Est-ce pour prouver qu'elle est loyale envers son employeur ? nota Emily.

Ida posa la main sur le bras d'Elmer.

– Ne t'inquiète pas, trésor.

Il la regarda en essayant de sourire.

Emily et Elmer se plantèrent devant la cabine de Mme Cartmell et collèrent l'oreille contre le battant. Pas un son.

Elmer frappa à la porte, de plus en plus fort.

– J'ai déjà essayé plein de fois. Je pensais qu'elle dormait peut-être. Mais elle n'est pas là… si ?

– Il faut s'assurer qu'elle n'a pas fait de syncope ou quelque chose comme ça, dit Emily.

Elmer hurla à travers la porte.

– M'man ? Ma-maaaan ?

Alerté par le bruit, Bobby Linotte arriva en roulant sur ses patins et exécuta un dérapage abrupt pour s'arrêter.

– Que se passe-t-il ? demanda-t-il, les yeux brillants d'excitation sous la paille de ses cheveux blonds et sa toque posée de travers.

– Mme Cartmell n'est pas venue dîner, expliqua Emily. Peux-tu nous faire entrer dans sa cabine – elle est peut-être inconsciente !

– Flûte ! s'écria Bobby d'un air ahuri. Vous laisser pénétrer dans la tanière du dragon ? Je ne suis pas sûr d'avoir le courage !

En voyant le regard noir d'Emily, il bredouilla à Elmer :

– Mille excuses, monsieur. Je m'en occupe.

Il repêcha son trousseau de clés, les trifouilla et trouva la bonne.

Ils comprirent très vite que personne n'était venu dans cette chambre avant eux, ni pour se changer ni pour faire la sieste. Le lit n'était pas froissé, les oreillers, pas déformés. Emily remarqua au passage que Cornelia Cartmell était extrêmement ordonnée – contrairement à Ida : ici, nul vêtement jeté au hasard sur les chaises, les rares flacons posés sur la coiffeuse étaient alignés au garde-à-vous, comme s'ils n'osaient pas sortir du rang. Il n'y avait pour seuls objets personnels que la photo d'un bambin potelé, portant une robe smockée par-dessus une culotte bouffante, et une pile de livres sur la table de chevet. Emily y jeta rapidement un œil :

L'amour sous les lilas

Les raisons du cœur

Romance à rome

Pas d'amour pour lydia

En découvrant la photo, Elmer rougit – de plaisir, non de honte.

– Tiens, c'est moi ! (Mais il déchanta vite.) Bon, on dirait qu'elle n'est pas là.

– Vous feriez mieux de déguerpir, chuchota Bobby, mal à l'aise. Elle pourrait revenir d'un instant à l'autre.

– J'aimerais bien… Que fait-on maintenant, Emily ?

– La dernière personne qui a croisé ta mère… (Elle allait ajouter « vivante », mais elle s'interrompit à temps). Hum !

La dernière personne qui a croisé ta mère est M. Bamberger. Allons l'interroger !

– Le… le grand patron ? balbutia Bobby. Je viens juste de lui commander son repas. Il dîne avec le commissaire de bord ce soir. Vous ne pouvez pas les déranger !

– Il le faut, décréta Emily. C'est une urgence, Bobby !

– Dans ce cas : après toi, camarade. Je préfère marcher derrière !

Chapitre 13

Emily prit la tête du petit groupe. Bobby avançait au ralenti sur ses patins en se tenant aux murs. Quoique déterminé, Elmer semblait nerveux. Même Emily savait que le moment était mal choisi pour une visite.

La suite le confirma.

En entendant toquer à la porte, une voix qui n'appartenait pas à M. Bamberger grommela :

– Entrez.

– Euh… Je ne peux pas, dit-elle. Pourriez-vous nous ouvrir, s'il vous plaît ?

Elle tomba sur le commissaire de bord qui s'attendait, à l'évidence, à trouver un steward lui apportant son dîner. Ses espoirs de repas envolés, il examina les trois intrus en haussant les sourcils : Emily dans son tablier et sa robe ordinaire, Elmer avec ses joues tachées de larmes, et Bobby, accroupi dans le couloir en train de retirer ses patins.

Il se racla la gorge.

– Hum – il y a là trois enfants, monsieur Bamberger.

Waldo Bamberger était assis dans son coin cuisine, un verre de bourbon à la main. Deux jeux de couverts en argent et deux coupes étaient posés sur la nappe blanche. Hélas, pas de Mme Cartmell en vue.

– Eh bien, qu'ils entrent, dit M. Bamberger en posant son verre.

Emily crut déceler une légère lassitude dans sa voix. Elle comprit qu'il était moins content de la voir que d'habitude. Elle s'avança dans la pièce.

– Je regrette de vous déranger, monsieur Bamberger. Mais Mme Cartmell a disparu. Elle n'est pas venue dîner et elle n'est pas dans sa cabine.

– Emily, je croyais t'avoir dit…

– Mais elle pourrait être en danger !

M. Bamberger écarta les yeux de la mine sérieuse de la jeune fille pour les poser sur le visage affligé d'Elmer.

– Alors tu es inquiet, fiston ? demanda-t-il plus gentiment.

– Oui, monsieur. Je me demandais si elle vous avait indiqué où elle allait en vous quittant ?

M. Bamberger soupira.

– Se changer pour le dîner, je suppose. Elle est partie à cinq heures et demie environ. Je lui ai servi une tasse de thé et je l'ai écoutée me raconter ses mésaventures.

Il adressa un regard lourd de sous-entendus au commissaire de bord.

– Mais elle n'est pas allée se changer, expliqua Emily. Elle n'est jamais retournée à sa cabine !

M. Bamberger les étudia tous les trois.

– Donc vous êtes l'équipe de secours, c'est ça ? Alors ce n'est pas encore nécessaire de sonner l'alarme. Elle est sans doute dans un des salons. Grâce aux fulgurants patins à roulettes de M. Linotte, vous allez la retrouver en un clin d'œil, j'en suis sûr.

Bobby parut mal à l'aise en entendant prononcer son nom. M. Bamberger dut le remarquer, car il le dévisagea plus longuement.

– Je présume que vous n'avez ni vu – ni entendu – Mme Cartmell sur le pont ce soir, monsieur Linotte ? Elle a une voix qui porte. (À ces mots, le commissaire de bord se tourna pour tousser discrètement dans un grand mouchoir.) Vous n'auriez pas répondu à sa sonnette par hasard ?

– Non, monsieur, mais…

– Y a-t-il un problème, monsieur Linotte ?

Bobby était devenu tout rouge et il dansait d'un pied sur l'autre.

– J'ai bien entendu quelque chose plus tôt, monsieur, finit-il par admettre. Je n'y ai pas fait attention sur le moment, mais ça me revient maintenant.

– Ah vraiment ? Crachez le morceau, jeune homme !

Quatre paires d'yeux le transperçaient, à présent.

– De drôles de bruits venaient d… du cagibi.

M. Bamberger abandonna à regret son bourbon et se leva.

– Dans ce cas, nous ferions bien d'aller jeter un œil dans le cagibi, monsieur le commissaire de bord, vous ne croyez pas ? Nous serons de retour juste à temps pour profiter de notre dîner, sans doute.

– En effet, monsieur Bamberger.

– Nous vous suivons, monsieur Linotte !

Fâchée, Emily chuchota à Bobby :

– Pourquoi tu ne nous en as pas parlé avant ? Peut-être qu'elle est enfermée !

Elle marcha d'un pas pressé à côté de lui, Elmer sur les talons, pendant que M. Bamberger et le commissaire de bord suivaient plus lentement.

– Parce qu'il y a un ogre à l'intérieur, voilà pourquoi ! murmura-t-il. J'avais la trouille d'ouvrir la porte !

– Un ogre ? répéta Emily, surprise. Tu inventes ! Arrête de dire des idioties !

Ils furent presque percutés par un steward qui déboulait dans le virage avec un chariot chargé. Il parut mortifié en reconnaissant M. Bamberger.

– Oh, monsieur ! Mille excuses, monsieur ! J'ai fait aussi vite que possible…

Pendant que les adultes s'expliquaient, les enfants continuèrent d'avancer. À l'instant où ils atteignaient le cagibi, Arthur et Ida, accompagnés d'une Mme Pope tout essoufflée, arrivaient en sens inverse.

– Désolé, mon vieux, dit Arthur à Elmer. Nous avons cherché partout, mais ta mère reste introuvable. C'est un vrai mystère !

– M'man ! gémit le garçon.

– Allons, allons, fit Mme Pope en le tapotant maladroitement sur le bras.

Ils attendirent quelques secondes dans le silence. Tout à coup, un minuscule bruit s'échappa du cagibi, comme un grattement de souris.

– Dépêche-toi, Bobby ! cria Emily. Ouvre !

Bobby sortit une clé, trifouilla dans la serrure et se retourna, les joues cramoisies.

– Euh… Qui veut regarder à l'intérieur ?

– Ne sois pas si poltron ! s'emporta Emily. Je parie que ce n'est que Mme Cartmell !

Elmer écarta le groom et posa la main sur la poignée.

– M'man ? couina-t-il.

Un groupe de stewards sortit de la salle voisine pour voir d'où venait tout ce raffut.

– Que se passe-t-il, les enfants ? Laissez cette porte ! Vous ne pouvez pas jouer ici !

– Bobby Linotte, c'est encore une de tes plaisanteries ? Je t'ai déjà interdit de faire l'andouille au lieu de travailler !

– Nous cherchons une passagère, intervint Emily, indignée. Elle a disparu.

– Ça m'étonnerait qu'elle soit dans le cagibi, mademoiselle.

– Mais si, elle est là ! Écoutez !

Bien sûr, il n'y avait plus un bruit.

Les stewards reculèrent en signe de respect lorsque M. Bamberger et le commissaire de bord approchèrent, comme s'ils avaient affaire à des têtes couronnées.

– Tout va bien, stewards, dit M. Bamberger. Je suis au courant.

– Allez, Elmer ! murmura Emily. Dépêche-toi d'ouvrir, sinon ils vont refermer à clé !

Le garçon parut inquiet.

– Si c'est une souris, elle risque de s'échapper !

– Ne fais pas ton bébé !

D'ailleurs, Emily trouvait Mme Cartmell beaucoup plus terrifiante qu'un petit rongeur.

– Une souris ? répéta tranquillement Ida. Ne fais pas attention aux souris. Il y en avait plein à l'orphelinat.

– Des souris ? bredouilla Mme Pope. Oh, Seigneur, Seigneur !

Dolly et Vera passaient par là, de retour de la salle de bal.

– Souris ! glapit Dolly en soulevant ses jupes, horrifiée.

Elle chercha en vain autour d'elle une chaise sur laquelle grimper et, à défaut, arracha le chariot du dîner des mains du steward, prête à sauter au milieu des plats de rôti de bœuf et de légumes. Vera, faite d'une autre trempe, étudia la scène avec curiosité, les poings sur les hanches.

Se sentant observé, Elmer se mordit la lèvre et tourna la poignée.

Derrière lui, les têtes se penchèrent pour sonder les ombres qui peuplaient le placard à balais. Un cri d'horreur collectif s'éleva.

Un visage pâle trouait l'obscurité. Mme Cartmell était accroupie dans un coin, parmi les balais, les brosses et les produits. Sa robe était affreusement chiffonnée, tout comme sa coiffure, pour la deuxième fois de la journée…

et le reste de sa personne. Elle se redressa péniblement, fit quelques pas vers la porte en titubant et s'écroula dans les bras de son fils.

– Tu m'as sauvée, mon fils chéri ! Je savais que tu viendrais !

– Envoyez chercher le médecin de bord, dit sèchement M. Bamberger à Bobby.

Celui-ci attacha ses patins en une seconde et sa silhouette longiligne s'éloigna avec témérité dans le couloir ; il semblait surtout soulagé de vider les lieux.

Pendant ce temps, Mme Cartmell fut allongée par terre avec mille précautions, et Arthur offrit sa précieuse veste blanche en guise de coussin pour sa tête. Elle leva des yeux brouillés de larmes sur son fils qui lui caressait la main, ignorant Muriel Pope qui frétillait à côté.

– Là, là, m'man… Que s'est-il passé ? Comment vous êtes-vous retrouvée là-dedans ?

Tout le monde mourait d'envie de le savoir. Plusieurs têtes se penchèrent au-dessus de Mme Cartmell. Des effluves puissants de rôti de bœuf et de pommes de terre jaillissaient par bouffées du chariot.

– Quelqu'un m'a poussée à l'intérieur ! répondit-elle d'une voix rauque. J'ai senti la même main dans mon dos que cet après-midi. Ensuite, je ne pouvais plus sortir ! Sans mon fils, j'aurais pu mourir dans cet horrible cagibi !

Même bouleversée, elle gardait son indignation intacte.

Elmer rosit de plaisir, de surprise et de fierté.

– Oh, je vous en prie, m'man !

– Cela signifie que la porte était déjà ouverte ? s'enquit Emily.

Les yeux de Mme Cartmell papillotèrent dans sa direction.

– Sans doute. J'étais seule dans le noir ! Je suis restée comme ça pendant des heures et des heures avant d'être secourue par mon valeureux Elmer.

– Avez-vous vu votre agresseur ? s'enquit le commissaire de bord.

– Oh oui ! J'ai tourné la tête quand il m'a poussée. J'ai aperçu une silhouette forte et imposante habillée d'une salopette jaune !

Dolly porta une main à sa bouche.

– Le fantôme ! souffla-t-elle.

– Ça ne ressemble pas du tout à un fantôme, mademoiselle Devine, argua le commissaire de bord.

– Oh non, voilà un comportement bien trop humain, en effet, acquiesça M. Bamberger. Pauvre Cornelia. Quelle farce désagréable on vous a jouée.

– Une farce ? rétorqua Mme Cartmell, furieuse. Ce n'était pas une simple farce, Waldo ! J'aurais pu moisir là toute la nuit et encore demain, jusqu'à ce qu'une femme de ménage vienne chercher une brosse neuve ou une nouvelle boîte de poudre à récurer ! J'aurais pu mourir de faim ! Et vous parlez de farce ?!

– Ne vous agitez pas, madame, recommanda le médecin de bord, qui fendait la foule en compagnie d'un Bobby médusé.

Il s'agenouilla et prit le pouls de sa patiente.

– Je vais lui administrer un calmant, murmura-t-il à M. Bamberger. Si elle reste alitée ce soir, elle sera rétablie dès demain, je pense.

Mme Cartmell ferma les paupières et émit un râle d'agonie.

– J'ai besoin de nourriture, pas d'un sédatif. Aaah !

– Steward, emportez notre dîner dans la cabine de Mme Cartmell ! ordonna M. Bamberger en appuyant son sacrifice d'un grand geste dramatique. Elle en a plus besoin que nous, n'est-ce pas, monsieur le commissaire de bord ?

Ce dernier hocha la tête à contrecœur tandis que son repas, longtemps espéré, s'évaporait devant ses yeux.

On récupéra en guise de civière un autre chariot dans la salle des stewards. Les chariots utilisés à bord étaient construits dans des matériaux solides afin de résister au gros temps. Il protesta un peu, mais il supporta vaillamment son fardeau jusqu'à la cabine de Mme Cartmell. Elmer, qui s'était vite adapté à son nouveau rôle de sauveur, le suivait, ainsi que Mme Pope, qui se tordait les mains comme à son habitude, et toute une procession de curieux venus dans leurs cabines pour se refaire une beauté entre deux animations.

Bobby, ses patins à la main, tenta de s'éclipser discrètement dans la salle des grooms. M. Bamberger le surprit et l'attrapa par le col.

– Allons, monsieur Linotte, dit-il sévèrement. Pas si vite !

– Euh… oui, monsieur Bamberger ? Vous désirez ?

– La vérité. Voilà ce que je désire entendre. Avez-vous poussé Mme Cartmell dans ce cagibi, oui ou non ?

– Non, monsieur ! se défendit Bobby, l'air offensé. Jamais je ne poserais la main sur cette viei…

Il eut l'heureuse idée de ne pas terminer sa phrase. M. Bamberger le toisa jusqu'à ce qu'il baisse les yeux.

– Si je m'aperçois que vous avez repris vos sales habitudes et que vous êtes derrière ces mauvaises blagues, Linotte, vous serez immédiatement renvoyé et vos patins à roulettes seront confisqués, vous comprenez ?

Bobby les serra contre sa poitrine.

– Oui, monsieur Bamberger. Mais ce n'est pas moi, juré !

– J'aimerais vous croire, murmura M. Bamberger avant de laisser partir son groom.

Le propriétaire du *Princess May* passa près d'Emily sans la regarder, le visage marqué par de profondes rides de tristesse.

Elle courut après lui et lui tira sur la manche.

– S'il vous plaît, monsieur Bamberger ! Ne soupçonnez pas Bobby ! Je suis sûre qu'il n'y est pour rien.

– Lâche ma manche, Emily. Bobby a des antécédents ; il a toujours aimé les farces. Je sais que tu veux protéger ton ami, mais cela ne te concerne pas.

Oh, mais si ! cria-t-elle en son for intérieur. Toute malheureuse, elle obéit cependant et suivit des yeux le dos de M. Bamberger jusqu'au bout du couloir.

Qui d'autre qu'elle pourrait disculper Bobby ? Seulement, pour cela, il lui fallait découvrir le vrai coupable.

Elle courut rejoindre le groom, la tête pleine de questions. Il lui jeta un regard plein de détresse avant de se réfugier dans la salle des grooms.

– Désolé, j'peux pas parler maintenant, camarade.

– Zut ! grommela-t-elle.

Elle regagna sa cabine afin de consigner ses observations.

Elle avait dans la poitrine une sensation de lourdeur effroyable. Le pire, c'est qu'elle commençait à douter un peu de Bobby, elle aussi – suffisamment pour se croire obligée d'écrire son nom dans le carnet. Il avait paru très coupable. Peut-être M. Bamberger avait-il raison depuis le début : aucun danger ne menaçait à bord du *Princess May* ; il ne s'agissait que d'un plaisantin qui allait un peu trop loin. Bobby mesurait la même taille que le spectre ; il pouvait se procurer du mazout et des salopettes de mécanicien sans difficulté, et il avait clairement déjà eu des ennuis par le passé.

Alors Emily s'assit sur son lit impeccable – il y avait même un caramel enveloppé posé sur l'oreiller. Et, à contrecœur, elle inscrivit le nom de Bobby en haut d'une page tout en suçant son caramel.

Bobby Linotte, groom

Nature : espiègle, amical. HONNÊTE ??? (Un ogre dans le placard !!)

Mobile : aime les farces ?

Et puis elle jeta son carnet. Elle trahissait leur amitié. Pourquoi diable Bobby prendrait-il le risque de perdre son emploi pour le seul plaisir de quelques mauvaises farces mal dosées ?

Chapitre 14

À son réveil le lendemain matin, Emily savait ce qu'il lui restait à faire.

– Je dois trouver des pièces à conviction. Une preuve qui montrera qui est le véritable coupable et me permettra de rayer Bobby de la liste.

L'expression « pièces à conviction » lui plaisait beaucoup – on l'aurait crue sortie de la bouche d'un véritable enquêteur spécialisé dans le crime. Discrètement, pour ne pas réveiller Ida, elle sortit son carnet et son crayon de sous son oreiller et nota :

Pièce à conviction : bidon à mazout ? / salopette jaune ?

Elle décida de fouiller une à une les cabines des invités de M. Bamberger. Mais comment s'y introduire ?

Le navire était stable sous ses pieds, elle ne sentait qu'une très légère vibration dans le plancher. Elle se vêtit en silence, même si rien ne semblait pouvoir perturber le sommeil d'Ida, qui dormait avec un sourire béat sur le visage, rêvant sans doute d'Arthur.

Dans le couloir, toutes les portes étaient closes. Il était encore tôt et personne ne circulait. Il n'y avait pas un groom en vue, seulement un steward solitaire qui poussait un chariot chargé d'assiettes d'œufs au bacon et de porte-toasts en argent.

Pendant qu'Emily prenait son petit déjeuner dans la salle à manger, Muriel Pope se présenta avec son grand sac de couture à cordon.

– Je ne déteste pas m'occuper du raccommodage tôt le matin, dit-elle en s'asseyant à côté d'Emily. Le pont est si paisible à l'aube. Je constate que toi aussi, tu es une lève-tôt. Tant mieux. Manger seul n'est pas toujours agréable.

– Ça a dû vous arriver souvent, s'attendrit Emily. Depuis que votre mari est parti, je veux dire.

– Oh oui. (Une expression hantée passa sur le visage de Mme Pope et refusa de le quitter.) Certains jours sont durs, oui. Je pensais m'amuser pendant ma première croisière, mais toutes ces catastrophes ! D'abord moi, puis Radmilla, et maintenant Mme Cartmell !

– Comment se porte Mme Cartmell ce matin ?

– Comme un charme, je crois. Elle commandait son petit déjeuner quand je suis partie. Ma cabine est attenante à la sienne. J'entends tout à travers la porte.

– Vous avez encore entendu des bruits de pas dehors ?

– Oh, oui. Je ne sais pas trop si je les rêve ou pas, pour être honnête. (Muriel Pope écala le sommet de son œuf à la coque, éparpillant des bouts de coquille partout autour de son assiette.) Ces pilules pour dormir que m'a données le médecin sont fortes. J'en prends tous les soirs depuis le début de la traversée. Bien sûr, Mme Cartmell n'entend rien, elle. Elle ronfle ! chuchota-t-elle à Emily sur le ton de la confidence.

Elle cacha aussitôt sa bouche derrière ses doigts, comme si elle avait dit quelque chose de terriblement inconvenant.

Emily sourit et Muriel Pope lui rendit son sourire.

– Je n'ai jamais eu de fille, confia-t-elle. Un enfant est ce qu'il y a de plus précieux. Les maris vont et viennent. Mais un enfant est tout pour une mère. Fais attention, Emily, et choisis sagement ton mari.

La jeune fille hocha la tête, même si cette perspective lui semblait encore trop lointaine pour s'en préoccuper. D'ailleurs, elle n'était pas sûre qu'une anthropologue ait vraiment besoin d'un mari.

– Je vous demande de m'excuser, madame Pope. Je dois aller réveiller Ida, sinon elle va rater son petit déjeuner !

Emily fut contente de croiser Hiram Fink en sortant. Il tenait une copie du journal du navire devant son visage, à la manière d'un écran de protection. Mme Pope aurait donc de la compagnie. Dolly et Vera firent irruption aussi, lourdement maquillées, jusqu'aux sourcils repassés au crayon. Elles chahutaient et faillirent bousculer Emily.

Emily ne put se retenir de jeter un coup d'œil derrière elle. Hiram Fink, désireux d'éviter les comédiennes, s'assit à côté de Muriel Pope, elle-même boudée par Dolly et Vera. Emily sourit. Il n'aurait pas l'occasion de lire une seule ligne du journal ce matin. La vieille dame aimait s'épancher, que ce soit auprès d'un homme mûr ou d'une fille de douze ans.

Elle devait se sentir très seule et Emily éprouvait de la sympathie pour elle, car elle aussi avait connu la solitude autrefois.

Au moment où elle arriva devant l'ascenseur, les portes s'ouvrirent et libérèrent Puncheur Smith. Le journaliste au physique de boxeur semblait courroucé – plus précisément, il semblait courroucé contre Emily. Le cœur de la jeune fille se serra. Comme toujours, il tenait à la main son carnet vert, de plus en plus abîmé.

– Êtes-vous entrée dans ma cabine, mademoiselle Evans ?

Il paraissait vraiment menaçant tandis qu'il lui soufflait au visage son haleine brûlante de fumeur.

Emily, hébétée et sous le choc, se sentit rougir. Connaissait-il ses intentions ? Elle secoua la tête.

– Eh bien, quelqu'un est venu, dit-il d'un ton furieux. Regardez ça, ma fille !

Il lui agita le carnet sous le nez. Emily le regarda, déconcertée.

– Certaines de mes notes ont été arrachées ! Mon compte rendu du premier dîner, des conversations… ce genre de choses. Cela s'est sans doute produit tôt ce matin, quand j'étais sur le pont.

En effet, en l'examinant de plus près, Emily constata que trois pages environ avaient été soigneusement coupées vers le début, si soigneusement que seul le propriétaire du carnet pouvait s'en rendre compte.

Puncheur Smith la foudroya des yeux.

– Si ce n'est pas toi, alors ce doit être le garçon, Elmer !

Emily retrouva sa langue.

– Pourquoi faut-il que ce soit l'un de nous ?

– Parce que les enfants jouent des tours, n'est-ce pas ? cracha-t-il. Vous aimez tous ça, non ?

Emily se redressa et le fixa bien en face.

– Pas ce genre de plaisanterie, monsieur Smith. Je prends les dégradations gratuites très au sérieux, au contraire. Je crois que c'est aussi le cas d'Elmer.

Sa réponse lui coupa le sifflet.

– Bon… Très bien, je te crois, finit-il par marmonner.

– Merci, dit gracieusement Emily.

Il s'en alla d'un pas lourd exiger des explications des autres invités.

Il semblait sincèrement en colère et il était évident qu'il n'avait aucun intérêt à détruire ses propres notes. Ce qui signifiait sans doute qu'elle pouvait le barrer de sa liste de suspects.

De nombreuses portes étaient entrebâillées dans le couloir de première classe, leurs occupants partis prendre le petit déjeuner.

Emily jetait un œil en passant. Aucune cabine n'atteignait le degré de luxe dont jouissaient celles des invités particuliers de M. Bamberger, mais elles étaient quand même impressionnantes.

Des stewards et des hôtesses nettoyaient les cabines désertées, armés de plumeaux, de pelles et de brosses. Une odeur âcre de désinfectant flottait dans l'air. Quand Emily atteignit les cabines des invités de marque, elle hésita.

La chambre de Vera était ouverte et elle ne voyait personne à l'intérieur. C'était tentant.

Elle vérifia qu'elle n'était pas observée, entra sur la pointe des pieds et tira la porte derrière elle.

La pièce lui rappela sa propre cabine : le désordre qui régnait là-dedans valait le fouillis laissé par Ida. Des bas pendaient sur les dos des chaises, des flacons jonchaient la coiffeuse à côté de bâtons de rouge à lèvres débouchés. Il y avait des magazines par terre, une chemise de nuit en soie et un peignoir en velours d'une couleur criarde jetés en boule au pied du lit défait. Un parfum sucré mais désagréable, sorte de mélange de bonbons et de vernis, imprégnait tout. La robe que Vera portait la veille au soir tombait mollement d'un cintre accroché sur la porte de la penderie. Sans Vera et ses courbes pour la remplir, elle faisait un peu vulgaire.

Emily bouillait de curiosité. Elle fouina, souleva un bas de soie délicat pour voir ce qui se cachait sur le siège de la chaise. (Elle fut déçue : seulement un coussin.) Elle se dit que tous les détectives devaient ressentir la même chose quand ils menaient une enquête de la plus haute importance.

Elle fureta ensuite les coins de la cabine de Dolly, située juste après une salle de bains partagée. Elle était plus ou moins dans le même état, avec en plus un ours en peluche miteux sur l'oreiller. Dolly n'était pas un suspect de toute façon, puisque Emily était présente quand elle avait vu le « fantôme ».

Dans son esprit, elle associait une salopette jaune et un bidon à mazout à des objets masculins dont la présence aurait été assez incongrue dans l'une ou l'autre de ces cabines.

Vera pouvait se montrer malveillante, mais cela ne signifiait pas qu'elle ait pu commettre ces actes haineux. Dans tous les cas, pour quelle raison voudrait-elle discréditer M. Bamberger qui, après tout, les envoyait, Dolly et elle, sur le sentier de la gloire et de la fortune ?

Emily eut soudain honte d'elle. Elle était sur le point de filer quand elle entendit la serrure de la salle de bains cliqueter. Une jeune hôtesse entra avec un seau et un balai.

Elles se dévisagèrent, aussi surprises l'une que l'autre.

– Je vous demande pardon, mademoiselle. Je ne vous avais pas entendue. Je n'ai pas encore fait les chambres.

Emily reprit ses esprits.

– Ce n'est pas grave, dit-elle avec une attitude prétentieuse. Prenez votre temps. Je reviendrai.

Elle se sauva dans le couloir, le cœur battant. Mais elle ne put s'empêcher de pouffer de rire – l'hôtesse croyait-elle vraiment que tous ces vêtements d'adulte lui appartenaient ?

De retour dans sa cabine, saine et sauve, elle raya les noms Verina Vane et Dolores Devine dans son carnet et, après réflexion, en fit de même pour Puncheur Smith. Elle progressait !

Mais elle devrait faire preuve de plus de prudence la prochaine fois qu'elle inspecterait la chambre d'un suspect.

Chapitre 15

Ida était enfin partie manger. Emily l'attendit pendant un moment, s'ennuya et décida finalement de la rejoindre pour discuter de leur programme de la matinée.

En marchant en direction de l'ascenseur, elle constata que la porte d'Hiram Fink n'était pas fermée. Il n'y avait pas de steward à l'intérieur, ni M. Fink lui-même.

Un seau en métal contenant une bouteille de désinfectant et un balai-brosse étaient abandonnés à côté de la porte. La personne chargée du ménage était sans doute allée chercher d'autres produits au cagibi. Elle disposait de quelques minutes.

C'était le moment idéal pour fouiller rapidement la cabine d'Hiram Fink. Elle ne s'était pas préparée à ce qu'une occasion se présente si tôt, mais elle ne pouvait pas se permettre de la gâcher.

Après tout, Hiram Fink faisait partie des principaux suspects. Son visage intelligent, complexe et mélancolique semblait receler des secrets. C'était un homme bourru et bougon qui aimait encore moins les enfants que Puncheur Smith ; d'ailleurs, il semblait n'aimer personne à bord du *Princess May*. Il souhaitait racheter la compagnie Shining Seas et pourrait vouloir provoquer la faillite du pauvre M. Bamberger pour parvenir à ses fins.

Emily, enhardie par ses précédents succès, entra d'un air dégagé comme si la cabine lui appartenait. Une fois dedans, elle poussa la porte de façon à ne pas être vue de l'extérieur et mena une enquête diligente.

Après les chambres des actrices, celle-ci lui parut remarquablement ordonnée. Avant même le passage du steward, rien ne dépassait, ce qui en disait long sur la personnalité d'Hiram Fink.

Il y avait une pile de vieux journaux sur le bureau avec une note dessus indiquant : NE PAS TOUCHER NI ENLEVER, écrite en lettres épaisses et autoritaires. Elle souleva la pile pour jeter un œil dessus et plusieurs feuilles s'envolèrent. Elle les ramassa en hâte et les glissa sous la pile. Elles seraient froissées et dans le mauvais ordre mais, avec un peu de chance, M. Fink ne s'en rendrait pas compte.

Un pyjama à rayures impeccable, portant encore les marques du fer à repasser, était plié sur l'oreiller ; le lit, fait ; tous les autres vêtements, rangés. Rien ne traînait sur les chaises, ni même sur le grand fauteuil. Il y avait un coffre-fort encastré dans le mur. Elle courut l'examiner : il était verrouillé.

Sur la table de chevet, elle trouva pour toute lecture un exemplaire d'un livre intitulé *Les Fluctuations du marché 1908-1909*, qui avait l'air absolument assommant.

Mais un autre objet, placé juste à côté, l'intrigua beaucoup plus. Entre un réveil et un verre d'eau à demi plein se dressait un portrait encadré. C'était une copie de la photo qu'Emily avait admirée dans la cabine de M. Bamberger : une jeune femme aux cheveux bruns, souriante, belle et sereine. Pourquoi Hiram Fink gardait-il un portrait de l'épouse de M. Bamberger près de son lit ?

Elle n'avait pas le temps de réfléchir. Elle continua de chercher, de plus en plus frénétiquement. Le steward risquait de revenir d'un instant à l'autre.

Elle fouilla dans la penderie : rien. Elle jeta un œil dans la salle de bains et ne tomba que sur un rasoir, des ciseaux à ongles, une boîte de poudre dentifrice et un flacon de baume capillaire Parker.

De retour dans la pièce principale, elle examina le bureau. Un buvard très taché, un pot d'encre et plusieurs stylos aux bouts mordillés occupaient le plateau. Elle ouvrit le tiroir. Il renfermait des papiers couverts de chiffres tracés par la main pompeuse d'Hiram Fink et dessous, les doigts d'Emily rencontrèrent quelque chose de dur…

Une arme.

C'était la première fois qu'Emily voyait un pistolet. Il était petit, tout noir et absolument effrayant. Elle n'osa pas le toucher au cas où un coup partirait par accident.

Elle fixa, hypnotisée, le canon solide et la gâchette délicate sur laquelle M. Fink comptait appuyer pour tuer – qui ? Son cœur battait si fort qu'elle crut qu'elle allait défaillir.

C'est alors qu'elle entendit des éclats de voix devant la porte.

M. Fink, de retour de la salle à manger, venait de tomber sur l'hôtesse responsable du nettoyage de sa chambre. Cette dernière était revenue avec ce qui lui manquait. M. Fink criait qu'il voulait être tranquille et elle protestait qu'elle « avait ses ordres ».

– Vous savez ce que j'en fais, moi, de vos ordres ? gronda Hiram Fink. J'ai besoin d'intimité.

Emily ferma le tiroir du bureau aussi silencieusement que possible, mais dans sa hâte, elle donna une petite secousse.

L'arme glissa lourdement à l'intérieur en raclant contre le bois. Elle recula d'un bond, tétanisée.

L'hôtesse et M. Fink entrèrent en même temps et se figèrent sur le seuil, stupéfaits. Dans d'autres circonstances, Emily aurait pu rire de leurs expressions interloquées.

Elle ne savait pas quoi dire. Elle croisa ses mains tremblantes dans le dos, comme si elles risquaient de la trahir.

– Encore vous, mademoiselle ? s'écria l'hôtesse d'un ton accusateur.

Emily reconnut la femme qui s'était occupée de la cabine de Vera. Elle ramassa son seau en fronçant les sourcils. Elle semblait trouver les habitudes de certains passagers de première classe décidément bizarres.

Hiram Fink, immobile, la toisait avec un mélange de colère et d'embarras. Il cherchait ses mots. De toute façon, les mots ne lui venaient jamais facilement, même quand tout allait bien – alors là…

Il finit par tonner :

– Mademoiselle Evans ! Que faites-vous ici, nom d'un chien ? Vous n'avez pas le droit d'entrer comme ça !

Les mains d'Emily se dénouèrent et elle baissa la tête.

– Je suis vraiment désolée, monsieur Fink. J'ai peur d'avoir confondu votre cabine avec celle que je partage avec ma cousine Ida. Elle est à peine plus loin, vous voyez. J'ai constaté mon erreur alors que j'allais dans la salle de bains me brosser les dents.

M. Fink plissa les yeux et grommela. Il chassa l'hôtesse avec impatience et quand ils furent seuls, il regarda attentivement Emily.

– Eh bien, puisque vous êtes ici, voulez-vous que je vous donne un cours sur les actions et les obligations ? Vous m'avez l'air d'une jeune fille intelligente.

Il avait l'œil qui pétillait subitement. Son visage s'éclaira tandis qu'il attendait sa réponse. Il était transformé : il ressemblait à un oncle sage et sympathique, ou à un parrain. Mais un homme qui conservait une arme dans le tiroir de son bureau n'était ni sage ni sympathique.

– Nous pourrions prendre un chocolat chaud sur les coups de onze heures, ajouta-t-il, comme pour la tenter.

Emily tremblait toujours. Elle s'imaginait assise ici avec M. Fink pendant des heures, à ce même bureau, en se demandant qui il voulait assassiner. Elle, peut-être, si elle n'apprenait pas assez vite ?

– C'est très gentil de votre part, répondit-elle prudemment, mais j'ai l'intention de devenir anthropologue plus tard, pas courtier. Je ne tiens pas vraiment à gagner beaucoup d'argent. Ça n'entraîne que des soucis.

Elle repensa à sa pauvre tante Dorothea, qui avait eu tant de problèmes financiers avant la mort d'Oncle Harold. Il y eut une pause.

– Vous avez bien raison, mademoiselle Evans, approuva M. Fink. Je ne m'étais pas trompé sur votre compte. Alors je vais devoir prendre ma collation de onze heures tout seul, n'est-ce pas ?

Il lui tint la porte et s'inclina sur son passage. Emily s'en alla avec un sourire forcé et les mollets flageolants. Elle dut prendre beaucoup sur elle pour ne pas s'enfuir à toutes jambes.

Chapitre 16

Emily s'assit dans le salon de lecture du bateau.

Cela lui semblait un bon endroit pour se remettre de ses émotions. Il était calme, paisible, presque vide, et Hiram Fink ne la suivrait sûrement pas jusqu'ici. Elle tremblait encore. Le navire lui paraissait soudain dangereux et trop petit pour être vraiment à l'abri nulle part.

– Voulez-vous des conseils de lecture, jeune fille ? demanda gentiment le bibliothécaire en la regardant par-dessus ses lunettes.

Un expert en crime pouvait-il se cacher derrière cet air bonhomme et inoffensif ?

– Oui, j'aimerais bien, dit-elle.

Il sortit un gros volume d'une vitrine et le posa lourdement à côté d'elle. Il s'agissait d'une encyclopédie. *Vol. I: de A à ASTICOTER.*

– Pourquoi ne pas cultiver son esprit quand on ne sait pas quoi faire ? Vous retournez bientôt en classe, hein ? Vous allez les épater. Personnellement, j'ai toujours adoré les encyclopédies.

– Vous vous entendriez très bien avec ma préceptrice, Mlle Poots. Dommage que nous soyons séparés par autant d'eau !

Elle ouvrit une page pour lui faire plaisir et tomba sur l'entrée « Albatros ».

Ses pensées tourbillonnantes ne tardèrent pas à la ramener au sujet qui la préoccupait.

Alors Hiram Fink était le coupable.

Dans sa tête, elle écrivit une note sous son nom : **Mobile (NB : changement par rapport à la première entrée) : VENGEANCE (reproche à M. B. la mort de Mme B.)**

M. Bamberger et lui possédaient des photographies identiques de Mme Bamberger sur leurs tables de chevet. À l'évidence, M. Fink avait eu des sentiments pour elle, lui aussi. Il était amoureux, mais elle avait préféré son rival et Hiram Fink n'avait jamais pardonné sa mort à M. Bamberger. Cependant, il avait choisi de garder ses sentiments pour lui… jusqu'à aujourd'hui.

Cette croisière sur le *Princess May* lui procurait une occasion unique de se venger. Il voulait discréditer M. Bamberger, détruire la réputation de son magnifique nouveau navire – et l'assassiner !

Que faire ?

Une seule solution : parler de l'arme à M. Bamberger, même si cela devait lui briser le cœur d'apprendre que son cher ami voulait le tuer.

Emily rabattit la couverture de l'encyclopédie en soulevant un nuage de poussière, et la rendit au bibliothécaire.

– Merci. Je reviendrai pour le volume suivant. Je suis un peu pressée.

Elle fit le grand tour pour éviter la porte de M. Fink. Elle longea les salles réservées aux stewards et aux grooms et atteignit la cabine de M. Bamberger. Elle n'hésita qu'un bref instant avant de lever le poing pour toquer.

Une voix s'éleva derrière elle :

– Que faites-vous, mademoiselle ?

Elle sursauta. Un steward. Elle crut le reconnaître ; c'était celui qui avait demandé à Bobby de ne pas faire de bêtises dans le cagibi.

– J'ai besoin de parler à M. Bamberger, dit-elle en essayant de prendre une grosse voix.

– Personne ne parle à M. Bamberger avant qu'il ait terminé son petit déjeuner – encore moins des enfants.

– Mais il aime les enfants, protesta Emily. Beaucoup, même.

– Pas quand il mange ses œufs sur le plat avec des pommes de terre sautées. Allez, zou !

Emily décampa, par le chemin qu'elle avait emprunté à l'aller. Elle tournicota près de l'ascenseur en attendant que la voie soit libre afin de pouvoir de nouveau tenter sa chance. Puis elle y retourna sur la pointe des pieds.

– Entrez, cria M. Bamberger.

Emily poussa la porte. Elle le trouva assis à table, comme la veille au soir, mais cette fois, heureusement, seul avec devant lui les reliefs d'un petit déjeuner.

Il parut surpris de la voir et pas franchement ravi.

– Emily ! C'est bien tôt pour une visite ! J'ai cru que c'était le steward. J'ai peur d'avoir des tas de choses très ennuyeuses à faire, alors nous ne pourrons pas parler longtemps.

Elle s'assit face à lui et croisa les bras pour se donner du courage.

– Je n'ai qu'une chose à vous dire, monsieur Bamberger.

– Veux-tu une tasse de café ? (Il montra un grand pichet en argent et se remplit une tasse.) J'ai toujours besoin de café pour me réveiller le matin.

– Non, merci. Je ne suis pas encore autorisée à en boire, vous savez.

– C'est fort sage. Alors de quoi s'agit-il ?

Elle prit une profonde inspiration.

– Monsieur Bamberger, j'ai peur que votre ami M. Fink veuille vous assassiner !

M. Bamberger s'étouffa avec son café et se mit à tousser. Son visage vira au rouge et ses yeux sortirent de leurs orbites. Emily le regarda, alarmée, puis elle se leva pour lui flanquer de vigoureuses claques dans le dos.

Il leva la main et bredouilla :

– Merci, Emily, merci. Ça ira.

Il reposa sa tasse et la dévisagea.

– Comment t'es-tu fourré une idée pareille dans la tête, nom d'un chien ?

– L'idée m'est venue assez facilement, en fait. Je sais qu'il aimait votre femme autant que vous. Pendant toutes ces années, il a gardé le secret sur ses sentiments ! Et puis il a décidé de participer à cette croisière pour se venger. Il a caché une arme dans son bureau pour vous tuer !

M. Bamberger se prit la tête à deux mains. Pendant un moment, il sembla incapable de prononcer un traître mot. Emily l'observa, anxieuse. Bien entendu, ce devait être un choc : elle s'y attendait.

Enfin il se redressa. Elle ouvrit la bouche pour reprendre la parole, mais il l'interrompit.

– Emily, arrête tout de suite ! J'ai quelques questions à te poser et elles sont très importantes. Comment sais-tu qu'il aimait ma femme ?

Il jeta un regard oblique en direction du portrait et une expression de souffrance lui contracta les traits.

Emily hésita. Elle avançait en territoire adulte – un territoire peu familier. Comment révéler l'odieuse vérité ?

– Je suis affreusement désolée de vous le dire, mais j'ai peur que M. Fink ait une photographie de votre femme sur sa table de chevet.

M. Bamberger fronça les sourcils.

– Il te l'a montrée ?

– Pas vraiment, admit-elle. Je… euh… je l'ai vue. Il n'était pas là.

– Et tu en conclus donc qu'il était amoureux de mon épouse ?

Emily hocha la tête. Elle ne savait pas quoi penser de la réaction de M. Bamberger.

– Et l'arme ? J'imagine que tu l'as également vue par hasard à un moment où M. Fink était absent ?

– Je suis tombée dessus… disons par accident.

– Et tu t'es trouvée dans la cabine de M. Fink par accident aussi, je suppose ?

Étant donné la gravité des faits, Emily jugea cette question très déplacée. Mais par amour pour la science et la vérité, elle tenait à répondre sincèrement aux questions, même les moins pertinentes. En plus, le ton sévère avec lequel M. Bamberger l'interrogeait la déconcertait.

– Je soupçonnais M. Fink d'être derrière les incidents de ces derniers jours. Je suis allée dans sa cabine pendant qu'il prenait son petit déjeuner afin de recueillir des preuves.

– Je vois, dit M. Bamberger d'une voix sourde.

Il se tut et réfléchit. Emily bouillait d'impatience. Il devait appeler les hommes de la sécurité et leur ordonner d'appréhender M. Fink !

– Écoute, Emily. Je sais que tu veux me protéger et c'est très gentil de ta part. Mais tu as tout faux dans cette histoire. Hiram Fink et moi n'avons jamais été rivaux en amour. Je t'ai déjà expliqué que nous avions grandi ensemble, nous étions voisins. Ma chère épouse était la sœur d'Hiram. Ils étaient très proches. Sa mort nous a dévastés tous les deux. Je ne crois pas qu'aucun de nous ne s'en soit jamais complètement remis…

Emily baissa les yeux sur la nappe jonchée de miettes de toasts.

– Je suis vraiment navrée, murmura-t-elle.

Quelle terrible méprise ! Et maintenant, à cause d'elle, M. Bamberger était tout triste et repensait à sa femme.

Elle n'osa pas évoquer l'offre de rachat de la compagnie Shining Seas. Alors elle parla plutôt de l'arme.

– Et le pistolet ? Pourquoi a-t-il emporté un pistolet ?

– Eh bien, j'ignorais qu'il en avait un à bord, mais tu sais quoi ? Hiram est un homme extrêmement riche, un génie de la finance. Il a subi plusieurs tentatives d'enlèvement aux États-Unis. Il a peur que ça recommence. Il pourrait être forcé de révéler l'adresse de sa banque et de signer une lettre autorisant ses ravisseurs à retirer les fonds placés. Je pense qu'il voyage tout le temps avec un pistolet, en fait. C'est pour se protéger, Emily, pas pour tuer ! Hiram ne toucherait jamais à un cheveu de ma tête. Il a toujours été comme un grand frère pour moi.

– Oh, dit Emily, mortifiée.

Elle sentit des larmes lui picoter les paupières. Comment une anthropologue en herbe avait-elle pu commettre une telle erreur d'appréciation ? Elle n'avait pas du tout suivi un raisonnement scientifique. Au contraire, elle avait laissé son imagination prendre le dessus. Ce cher M. Bamberger ne voudrait plus jamais prendre le goûter avec elle !

Elle finit par lever les yeux. Elle constata, soulagée, qu'il souriait – c'était un drôle de sourire tordu, mais un sourire tout de même. Puis il posa sa main chaude et grasse sur la sienne.

– Emily. Rappelle-toi que les apparences sont parfois trompeuses. C'est une leçon très utile dans la vie. Surtout pour une anthropologue !

Elle hocha la tête, la gorge nouée. Les humains étaient si complexes ! Elle avait tant à apprendre.

Elle s'approcha de la porte.

– Une dernière chose, Emily. Cesse d'enquêter sur mes invités, tu veux bien ? Je suis en sécurité, je t'assure.

Elle lui tourna le dos et partit. Elle avait à peine refermé la porte que son sourire s'effaçait tout à fait.

Chapitre 17

Emily se sentait agitée et malheureuse. Si Mlle Poots avait été là, elle lui aurait dit :

– Ce dont tu as besoin, ma fille, c'est d'un bon bol d'air pur !

Elle suivit cet excellent conseil et alla se balader sur le pont-promenade. Le temps s'était brusquement dégradé. La grisaille n'en finissait pas de s'épaissir ; une pluie fine et pénétrante assombrissait les ponts.

Emily, seulement vêtue de son tablier et de sa robe de jour, partit se mettre à l'abri sous l'auvent de la plage arrière. Le paquebot ne glissait plus tranquillement sur les flots comme la veille. Le roulis s'amplifiait. Le vent soulevait les cheveux d'Emily et soufflait sur ses joues chaudes.

Elle passa devant les fenêtres embuées du salon de première classe. À l'intérieur, des passagers jouaient au bridge, tandis que des stewards allaient de table en table en proposant du café. Elle aperçut Mme Cartmell qui étudiait ses cartes avec un petit air satisfait. Elle faisait une partie avec Puncheur Smith, qui respirait la hargne comme toujours, Dolly et Vera, qui échangeaient des clins d'œil de connivence. Hiram Fink s'était isolé, bien sûr. Enfin, elle vit Louie Leblank qui virevoltait avec son éternel sourire plaqué sur le visage. Elle l'entendait presque dire :

– Tout va bien, mes amis ?

Observer de l'extérieur, sans se faire remarquer, était toujours riche d'enseignements. Quel meilleur exercice pour une anthropologue ? Cela lui remonta un peu le moral.

Saisie par l'humidité, elle plongea sous l'auvent. Deux personnes avaient eu la même idée : Elmer et Mme Pope, bien enveloppée dans son manteau et coiffée de son chapeau.

– Emily, ma chérie, dit-elle, ne va pas attraper froid avec cette robe fine !

Elmer la salua en agitant la main, clairement soulagé d'être délivré de son tête-à-tête avec Mme Pope.

– Salut, Emily.

Emily aurait préféré être seule pour réfléchir et contempler le sillage du transatlantique, son passe-temps favori sur le *Princess May*, en dehors des repas.

– Bonjour, répondit-elle poliment. Vous ne jouez pas au bridge, madame Pope ? J'ai aperçu Mme Cartmell dans le salon.

Mme Pope se cramponnait au parapet comme la moule à son rocher.

– Mme Pope ne joue pas au bridge, Emily, dit Elmer.

– Ah… Il fait froid ici, non ? Vous ne préféreriez pas vous mettre au chaud au salon, madame Pope ?

– Oh non, ma chérie.

La vieille dame frissonnait, sans doute à cause des températures. Emily elle-même tremblait. Le ciel menaçant s'était obscurci pour prendre des couleurs crépusculaires.

– Je guette un oiseau. J'en parlais justement à Elmer.

– Quel oiseau, madame Pope ?

Muriel Pope était pâle et encore plus agitée que d'habitude, ses cheveux frisottaient sous son chapeau et son manteau trop grand, aux boutons mal alignés, pendait bizarrement sur ses épaules.

– Je ne veux pas te faire peur, Emily.

– Rien n'effraie notre détective Emily ! s'écria Elmer avec enthousiasme.

– Détective ? répéta Mme Pope, étonnée.

– Oui, enfin, pas vraiment… Disons que je m'intéresse aux gens. Je veux devenir anthropologue plus tard.

– Elle observe tout le monde afin de découvrir qui a commis toutes ces mauvaises actions à bord. Je parie qu'elle va trouver celui qui a renversé le mazout et poussé m'man.

– Et tu as déjà des pistes, ma chérie ?

Muriel Pope regarda nerveusement autour d'elle, l'air de craindre que le coupable ne les surprenne.

– Non, mais bientôt, affirma Emily. J'essaie de trouver des preuves.

Elle fit les gros yeux à Elmer. Il en disait trop ! C'était embarrassant : les adultes se moquaient toujours de ce qu'ils considéraient comme des jeux d'enfants. Elle s'empressa de changer de sujet.

– Quelque chose vous a effrayée, madame Pope ? Vous parliez d'un oiseau.

Muriel Pope serra le bastingage tandis que le roulis s'accentuait.

– Tout à l'heure, avant qu'Elmer ne me rejoigne, je marchais sur le pont quand je l'ai aperçu au-dessus de moi. Il se découpait sur les nuages d'orage avec ses plumes blanches. Un immense oiseau !

– Ici, en plein milieu de l'Atlantique ? C'est drôle. Pourquoi vous a-t-il effrayée ?

– Je crois que c'était un albatros ! Tu sais, l'oiseau de mauvais augure ! Cette croisière est décidément maudite !

Au grand étonnement des deux enfants, elle se mit à déclamer un poème d'une voix profonde et vibrante :

– « Quelques-uns de nous eurent, en songe, connaissance certaine de l'esprit qui nous tourmentait ainsi. À neuf brasses au-dessous de la mer, il nous avait suivis depuis la région de brouillard et de neige. »

Emily le reconnut : c'était un extrait de *La Chanson du vieux marin* de Samuel Coleridge[1]. Mlle Poots, sa préceptrice, le lui avait récité avec la même délectation, quoique avec moins d'emphase.

– Cet albatros représente l'âme d'un marin noyé ! Or ce pauvre garçon… vous savez ! Quelque chose d'affreux va se produire, j'en suis sûre !

Emily posa une main sur la manche de son manteau.

– Tout va bien, madame Pope. Je crois qu'il n'y a pas d'albatros qui survolent l'Atlantique.

– Ah non ? (Elle semblait perplexe, et presque déçue.) Pourtant j'aurais cru…

Elmer suggéra obligeamment :

– Parfois les nuages ressemblent un peu à des oiseaux.

– Oui, peut-être était-ce un nuage.

Une pointe d'aigreur perçait dans le ton dubitatif de sa voix.

1. Traduit par A. Barbier, Paris, Hachette, 1877.

– De toute façon, ils ne portent malheur que si on leur tire dessus, comme dans le poème, ajouta Emily.

Mme Pope hocha la tête.

– Bien. Contentons-nous d'affronter la tempête du mieux que nous pouvons. J'espère que ce bateau a suffisamment de canots de sauvetage ! J'ai peur que nous n'ayons à essuyer du gros temps. Regardez la couleur de la mer !

Elle était d'un gris sombre, glacial, sur lequel contrastaient les franges d'écume jaunâtre, et criblée par la pluie qui tombait dru à présent et tambourinait sur la toile de l'auvent.

– Je vais rentrer, les enfants, annonça Mme Pope. Nous allons être trempés comme des soupes si nous restons ici. Elmer, ta maman ne sera pas contente si tu abîmes ton manteau !

Un bref éclair de panique traversa le regard d'Elmer. Puis il releva le menton. Il n'était plus le même garçon depuis la veille.

– Possible, mais je rentrerai quand j'en aurai envie, madame Pope.

Il attendit qu'elle s'en aille, puis il se tourna vers Emily.

– Je voulais te remercier pour ton aide hier soir. Tu vas découvrir qui a fait ça, hein ?

– Je ne sais pas. Je n'ai pas été très perspicace pour l'instant.

– Tu es la personne la plus intelligente que je connaisse, Emily. Comment sais-tu qu'on ne trouve pas d'albatros dans l'Atlantique ?

– On n'en croise que dans l'océan Antarctique et dans le Pacifique nord, affirma-t-elle avec autorité.

Elmer siffla.

– Ben mince ! Tu vois, qu'est-ce que je disais ?

Ils entrèrent dans le salon chaud et enfumé.

Emily repéra la silhouette décoiffée et débraillée de Muriel Pope, toujours enveloppée dans son manteau mouillé, debout à côté de la table de bridge de Mme Cartmell. Elle gesticulait en montrant la fenêtre. Face à elle, quatre visages : le premier, sceptique (celui de Mme Cartmell), le deuxième fasciné (Puncheur Smith), et les deux derniers vaguement nerveux (Dolly et Vera).

Tout à coup, comme un seul homme, ils se tournèrent vers la vitre. Dolly et Vera se levèrent même afin d'aller regarder dehors d'un pas chancelant, agrippées l'une à l'autre pour garder l'équilibre. Smith avait déjà dégainé son carnet et commencé à griffonner. Emily n'y pouvait rien.

– Je te retrouve au déjeuner, dit-elle à Elmer.

– Tu ne veux pas jouer au billard avec moi ? demanda-t-il, déçu.

– Avec plaisir, mais une autre fois. J'ai à faire.

La silhouette d'Hiram Fink se découpait dans le fond de la pièce, solitaire, ses cheveux gris soigneusement peignés sur son large front. Emily se présenta devant lui dans sa robe humide. Il leva les yeux de ses papiers, surpris.

– Je crois que j'aimerais assez prendre un cours sur les actions et les obligations, en fin de compte, dit-elle gentiment. Enfin, si vous êtes toujours d'accord, monsieur Fink.

Un steward traversa le salon de première classe en faisant sonner un gong pour annoncer l'heure du déjeuner.

Emily avait la tête qui lui tournait à force d'ingurgiter des nombres et des explications. Des chiffres flous défilaient devant ses yeux brouillés, mais Hiram Fink, lui, s'était beaucoup amusé pendant ces deux dernières heures.

– Je suppose que tu veux toujours être anthropologue ? dit-il. Tu ferais pourtant un formidable courtier. Nous manquons de femmes dans la profession.

– Vous êtes un excellent professeur, monsieur Fink. Je crois que je suis plutôt faite pour l'anthropologie, mais j'ai beaucoup appris. Ma préceptrice, Mlle Poots, sera très impressionnée. Elle est toujours enchantée quand de nouvelles opportunités s'offrent aux femmes. Et si nous allions déjeuner ? proposa-t-elle tandis que son estomac grondait furieusement.

– Bien sûr. Laisse-moi t'escorter.

Le salon s'était peu à peu vidé sans qu'ils s'en aperçoivent. Il restait quelques chaises occupées par des joueurs invétérés, qui abattaient vaillamment leurs cartes pendant que le bateau tanguait sous leurs pieds. Fink attrapa un coin de table pour ne pas tomber.

– Seigneur, s'exclama-t-il. Où sont passés les autres ? Ils devaient avoir une faim de loup !

Ils descendirent l'escalier cahin-caha, bras dessus, bras dessous. Emily ne savait pas trop si c'était Hiram Fink qui l'aidait à marcher, ou l'inverse.

Ils pénétrèrent enfin dans une salle à manger presque déserte. Cornelia Cartmell était assise à leur table ; elle pérorait entre deux bouchées face à une Muriel Pope barbouillée qui ne touchait quasiment pas à son repas. Sa patronne, elle, semblait d'attaque pour dévorer les deux menus à elle seule.

On avait installé d'ingénieux petits rebords sur le pourtour de la table pour empêcher les plats de s'envoler. Des assiettes à moitié terminées, que les stewards n'avaient pas eu le temps de débarrasser, traînaient sur la nappe. Tout suggérait que les invités avaient fui au même moment hors de la salle, poussés peut-être par un coup de houle particulièrement violent.

Au milieu du service, Emily prit congé de M. Fink :

– Je vais voir comment se sent ma cousine.

Un groom familier lui tint la porte.

– Bobby ! murmura-t-elle. Je dois te parler !

Il la suivit dans la coursive qui vacillait ; il n'avait pas enfilé ses patins à cause du mauvais temps.

– Qu'est-ce qu'il y a, camarade ? Tu sais que je ne devrais pas te parler. Je ne veux pas que M. B. ait une mauvaise opinion de moi !

Des rampes bien pratiques couraient le long des murs du couloir pour que les passagers puissent se tenir en cas de forte houle. Emily s'y accrocha.

– Je veux que tu saches que moi, je ne te soupçonne pas !

– C'est gentil de ta part… Ça signifie que tu as démasqué le coupable ?

– Pas encore.

Bobby s'approcha plus près.

– Il faut que je te dise quelque chose, chuchota-t-il.

– Quoi ?

– Le cagibi n'était pas fermé à clé quand Sa Majesté était dedans hier soir. Sur le coup, je me suis tu et j'ai fait semblant de tourner la clé… mais elle aurait pu sortir toute seule n'importe quand ! Je trouve ça curieux.

Emily le dévisagea un long moment. Puis elle lui attrapa le bras et faillit tomber lorsque la coursive s'inclina de nouveau.

– Alors elle est notre principal suspect !

– Ah bon ?

– Oui, tu ne comprends pas ? Elle a sûrement tout inventé ! Elle a raconté à tout le monde que quelqu'un l'avait poussée – n'importe quoi ! Il n'y avait pas de grande silhouette athlétique en salopette jaune !

– Pourquoi ferait-elle une chose pareille ?

– Pour écarter les soupçons de sa personne.

– Mais quelqu'un a failli la pousser par-dessus bord !

– Elle a dû inventer ça aussi, Bobby. Elle est sûrement derrière tout le reste !

– Pourquoi ?

Emily se cramponna à la rampe alors que le navire semblait décoller.

– À mon avis, elle est en service commandé pour son mari. Ils vivent séparés, mais peut-être lui a-t-il demandé comme une faveur. Elle y a vu un moyen de regagner son affection. Il y a des tas de romans à l'eau de rose dans sa cabine. J'imagine qu'elle l'aime encore.

Il la regarda, bouche bée.

– Je dois retourner fouiller sa chambre. J'ai besoin de ton aide, Bobby ! Ouvre-moi la porte !

– Je sais pas trop, Emily… On risque de se faire pincer !

– Pas si on se méfie, s'agaça-t-elle. S'il te plaît, Bobby. M. Bamberger nous remerciera plus tard, tu sais. Tu ne veux pas qu'il y ait d'autres incidents, si ? Pauvre M. Bamberger. Si la réputation de son navire est meurtrie, il le sera aussi !

– Bon d'accord… Je t'ouvre la porte – mais ensuite, je file, camarade.

– Merci ! Je savais que je pouvais compter sur toi !

– Emily Evans, t'as un sacré cran pour une gamine. Quand est-ce qu'on passe à l'action ?

– Maintenant ! Pendant qu'elle est en train de manger. Viens !

Chapitre 18

Emily fut cruellement déçue par Bobby. Fidèle à sa parole, il s'enfuit aussitôt après avoir ouvert la porte de la cabine de Mme Cartmell. Un homme plus courageux, comme Arthur par exemple, serait resté. Il aurait monté la garde à l'extérieur, prêt à la défendre. Mais Arthur, malheureusement, avait d'autres occupations – telles que profiter de sa fiancée.

Emily se demandait pendant combien de temps Mme Cartmell allait continuer d'engloutir de la nourriture avant de succomber à son tour au mal de mer. Elle ne disposait sans doute pas de plus de quelques minutes.

La pile de romances n'avait pas bougé. Un marque-page en soie dépassait des pages du livre du dessus et une paire de lunettes était posée au sommet. Elmer souriait à Emily depuis son cadre photo, ce qui lui donna mauvaise conscience.

Depuis le matin, la cabine avait été rangée et plus rien ne traînait par terre. Elle fouilla les tiroirs de Mme Cartmell, sa penderie et les casiers à linge. Malgré sa gêne persistante, elle persévéra : elle finirait par trouver des preuves quelque part, elle en était certaine.

Seigneur, quelle quantité d'habits possédait Mme Cartmell !

Sur la coiffeuse, elle trouva une paire de brosses à cheveux à dos bleu ainsi qu'une brosse à vêtements, un minuscule flacon d'eau de Cologne et un poudrier. Pas de fard ni de rouge à lèvres. Mme Cartmell n'était pas du genre à abuser du maquillage.

Rien, nulle part, ne méritait d'être qualifié de « pièce à conviction » : Emily vérifia même les doublures satinées de ses valises en cuir de vachette pour s'assurer qu'elle n'y avait rien dissimulé.

Muriel Pope disposait d'une chambre de bonne, beaucoup plus petite, attenante à la cabine de Mme Cartmell. Elles partageaient une salle de bains située dans le minuscule passage entre les deux. Emily risqua un coup d'œil par l'entrebâillement de la porte du cabinet de toilette et procéda à une inspection rapide. Elle ne vit que les articles habituels : gants, pain de savon, et deux boîtes de poudre dentifrice que le steward avait pris soin de placer à l'écart l'une de l'autre de sorte que leurs propriétaires ne les confondent pas.

Emily allait passer à la chambre suivante quand elle entendit des bruits. Des pas lourds et titubants, accompagnés de marmonnements :

– Je suis pourtant sûre d'avoir fermé cette porte avant le déjeuner !

Puis Mme Cartmell tourna sa clé dans la serrure – de l'intérieur.

Horrifiée, Emily se figea. Zut ! Si Mme Cartmell allait dans la salle de bains, elle était fichue.

Soudain, le bateau pencha violemment et Emily fut projetée dans la chambre de Muriel Pope. Elle se retrouva sous le lit, le souffle coupé, couchée sur le magnifique tapis moelleux, le pied de la table de chevet à quelques centimètres du visage.

À côté, Mme Cartmell gémissait. Déséquilibrée, elle s'écroula sur son lit, lequel protesta faiblement.

Comment diable allait-elle réussir à sortir ? La porte de Muriel Pope était fermée à clé, elle aussi. Elle ne voyait pas d'autre solution qu'attendre la venue d'un groom sonné par Mme Cartmell – qui, d'ailleurs, ne serait peut-être pas Bobby. Elle devrait alors se débrouiller pour se faufiler dehors sans être vue.

En attendant, elle pouvait déjà s'inventer une excuse, au cas où son plan ne fonctionnerait pas comme espéré.

Le copieux déjeuner avalé par Mme Cartmell produisit son effet et malgré le tangage du paquebot, elle se mit bientôt à ronfler.

Étendue de tout son long, le menton et les doigts enfoncés dans le velours épais du tapis, Emily patienta. Tout autour d'elle, des objets glissaient et s'entrechoquaient.

Sur le *Princess May*, le mobilier était scellé au sol en prévision de la houle. Mais elle distingua un raclement sur la table de chevet. Puis un objet faillit lui tomber sur le bout du nez. Elle plissa les yeux et reconnut un pilulier rond.

En lisant l'étiquette, elle comprit que c'étaient les fameux comprimés que prenait Muriel Pope pour dormir. « Deux le soir avant le coucher. Avertissement : ne pas dépasser la dose prescrite. »

Un objet plus volumineux atterrit ensuite dans un bruit sourd près de sa main : un exemplaire de la Bible relié en cuir. Au moins elle avait maintenant quelque chose à lire, même si la Bible n'était pas son premier choix. Elle l'ouvrit et lut l'inscription sur les feuilles de garde : « À Wilfred pour sa confirmation. »

Une boîte en fer-blanc dégringola dans un grand fracas, envoyant des biscuits rouler dans toutes les directions. Plusieurs se trouvaient à portée de sa main. Elle ne mourrait pas de faim, c'était déjà ça.

La pluie d'objets ne s'arrêta pas là. Deux chapeaux miteux s'envolèrent du haut de la penderie. Un réveil de voyage tinta à côté du coude d'Emily. L'étui à lunettes de Mme Pope fit un gracieux plongeon. Une lime à ongles en métal et un repousse-peaux sautèrent en même temps.

Emily remarqua soudain que quelque chose était coincé entre les dernières feuilles de garde de la Bible, comme un précieux souvenir qui avait pu autrefois servir de marque-page et qu'on avait oublié.

C'était un programme de spectacle écorné. *Au moins, voilà une lecture beaucoup plus amusante que la Bible et beaucoup plus courte*, pensa-t-elle. Vieux d'une quinzaine d'années, il présentait un divertissement de bord de mer que Mme Pope avait dû aimer – peut-être l'avait-elle vu en compagnie de son mari avant qu'il ne s'en aille ?

Une nuit d'été folle, folle, folle !

Avec Mlle Maisie Mason et Mlle Olive Harbottle.

On y voyait une photo floue des deux comédiennes bras dessus, bras dessous, vêtues de tenues de bain amples et assises sur les marches d'une roulotte de plage. Elles n'étaient pas aussi séduisantes que Dolly et Vera, mais d'un autre côté, la photo n'était pas très bonne. Et puis, elle datait.

Emily adorait tomber sur des documents se rapportant à des événements qui avaient eu lieu avant sa naissance !

Elle l'avait lu du début à la fin quand elle entendit la clé tourner dans la serrure. Mme Pope entra en se tenant aux murs.

Chapitre 19

Emily la vit zigzaguer dans ses chaussures de pont. Elle évitait de marcher sur ses chapeaux tout en s'efforçant de garder l'équilibre. Les biscuits crissaient sous ses semelles. Elle réussit tant bien que mal à atteindre le cabinet de toilette, où Emily l'entendit rendre tripes et boyaux.

Pendant toute cette scène, les ronflements de Mme Cartmell se poursuivaient de façon régulière, des ronflements si sonores qu'ils couvraient parfois les pires haut-le-cœur de la pauvre Mme Pope.

Emily ne perdit pas de temps.

Lorsque le robinet coula, elle s'extirpa de sous le lit en se tortillant et traversa la pièce qui tanguait follement le plus vite possible, en se tenant aux dos des chaises et au bord de la coiffeuse.

Elle venait d'atteindre la porte quand Mme Pope sortit en titubant de la salle de bains. Elle fixa Emily, le visage très blanc et les cheveux en bataille.

Effarée, la jeune fille tenta de garder son sang-froid. Elle n'avait pas tellement plus fière allure. Sa robe matelot était toute froissée et dépenaillée.

Elles prirent la parole en même temps, pendant que Mme Cartmell dormait bruyamment à côté.

– Mais que fais-tu dans ma cabine ? Je…

– Oh zut, je me suis encore trompée. Je suis vraiment désolée, madame Pope. Je…

– … ne me sens pas très bien.

– … suis si étourdie, continua Emily, la main sur la poignée de la porte. J'ai perdu l'équilibre… enfin, mes repères. Je vous demande de m'excuser…

– Tu veux bien partir maintenant ? J'aimerais m'allonger un peu.

Mme Pope s'avachit sur son lit. Elle était si malade qu'elle ne prêta aucune attention à la piètre excuse d'Emily.

– Bien sûr, dit celle-ci, soulagée.

Elle remonta péniblement le couloir jusqu'à sa propre cabine en serrant la rampe. Son cœur battait la chamade. Elle vit Bobby devant elle, qui s'approchait avec une démarche assurée de marin, les jambes écartées et un joyeux sourire aux lèvres.

– Tu t'es fait pincer ?

– Oui ! J'ai passé un très mauvais moment là-dedans ! J'étais enfermée des deux côtés. Pourquoi tu n'es pas venu me sauver ?

– Quoi ? Affronter la vieille mégère ? Et puis quoi encore !

– Tu aurais pu lui apporter une tasse de thé par exemple, faire semblant de croire qu'elle l'avait commandée. Ensuite tu serais reparti en me laissant la porte ouverte. Tu es vraiment lamentable, Bobby !

– Je suis pas comme toi, camarade. Toi, tu penses à tout. Moi, je n'aurais jamais réussi à me sortir de ce pétrin tout seul.

Il la regardait avec admiration. Ses compliments apaisèrent un peu Emily. Et puis on ne pouvait pas rester fâché longtemps contre Bobby.

– Tu as trouvé d'autres preuves ?

Elle secoua la tête.

– Rien du tout.

Il la laissa devant sa cabine et repartit en sifflotant. Au moment d'entrer, Emily remarqua un bout de papier blanc posé sur le plancher ciré. Il avait dû glisser de la poche ou de la main de Bobby pendant qu'il l'aidait à marcher.

Elle se pencha prudemment et le ramassa. Quelque chose était griffonné dessus au crayon. Un message pour Bobby. Elle le rappela en criant.

Il revint en se balançant de droite et de gauche.

– Tiens. Tu as fait tomber ça.

Le groom rougit jusqu'à la racine des cheveux.

– Merci, marmonna-t-il.

Il avait une expression drôlement coupable.

Emily le dévisagea, perplexe. Elle avait, bien sûr, lu ce qu'il y avait sur le papier. C'était très court. *RDV 2300*

Voilà qui était fort curieux… et intéressant.

Ida, gémissante, gisait sur son lit.

Emily s'installa dans le fauteuil, transformé en bateau miniature à cause du sol qui oscillait. Elle agrippa les bras du siège comme si elle se tenait aux côtés d'une barque et réfléchit. Quelle était la signification de ce nombre ? 2300 ?

Mais bien sûr ! À bord, les cadrans des horloges étaient divisés en vingt-quatre heures. Les marins indiquaient le nombre d'heures écoulées depuis minuit. Donc 2300 désignait les onze heures du soir. Bobby avait rendez-vous avec quelqu'un cette nuit-là.

Alors il redevenait suspect, en fin de compte ? Était-il de mèche avec quelqu'un ? Elle n'avait pas envie de le croire, mais elle serait bien obligée de s'en assurer.

– Ida ?

Ida se redressa péniblement sur les coudes.

– Oh, Emily. Je t'avoue que j'ai très peur. Le bateau va couler, à ton avis ? Dois-je appeler Arthur ? Il est couché dans la cabine d'à côté. Nous devrions passer nos derniers instants ensemble.

– Tu n'as aucune raison de te tracasser, répondit vivement Emily. En plus, il y a assez de canots de sauvetage pour tout le monde.

Ida ne parut pas très rassurée par ces informations. Elle continua de se lamenter pendant que le navire faisait une embardée.

– Je dois te poser quelques questions, lui dit Emily.

– Qu… quoi ? Oh…

– Ça te changera les idées, tu verras. D'abord, est-ce que tu connais bien Bobby Linotte ?

– Bobby, des sœurs de l'Espoir ?

– Oui, Bobby Linotte, s'impatienta Emily.

– Il n'avait pas de nom de famille à l'époque.

– Alors pourquoi l'a-t-on appelé « Linotte » ?

– Parce que c'était un petit gars culotté, au point de manquer parfois de bon sens… Oh, je me sens vraiment mal, Emily…

– Il était turbulent ? Il aimait faire des farces, par exemple ?

– Oh oui ! Je me souviens qu'un jour, il a caché un cadavre de rat dans le lit de Mme Goodenough. Qu'est-ce qu'on a ri !

– Il y avait de la malveillance dans ses plaisanteries ? interrogea Emily.

– Non, Bobby n'est pas méchant. Il tourne tout à la rigolade, mais c'est un brave garçon… Qu'est-ce qu'il y a, Emily ? (Elle plissa les yeux et sourit d'un air taquin, si amusée qu'elle en oublia momentanément les mouvements du bateau.) Est-ce qu'il aurait un faible pour toi ? Je ne suis pas sûre que mère approuverait ! Toi avec un groom orphelin ! Ben ça alors !

– Ne dis pas de bêtises ! se fâcha Emily. Je te rappelle que toi aussi, tu avais une vie d'orpheline, il n'y a pas si longtemps ! Si tu veux tout savoir, je mène une enquête sur les mésaventures du *Princess May*.

– Très bien, soupira Ida en s'affalant tristement sur ses coussins. Il ne manquerait plus que le paquebot sombre, ce serait le comble des mésaventures !

Mais le bateau ne sombra pas. Le roulis se calma au fil de la soirée jusqu'à redevenir supportable, même pour les plus indisposés.

Le dîner fut retardé afin de laisser aux invités le temps de retrouver l'appétit, et lorsqu'un groom sonna le gong dans les couloirs de première classe, il déclencha une ruée incongrue vers la salle à manger.

Emily s'assit à côté d'Arthur. Elle lui demandait l'heure à intervalles réguliers entre les plats, lorsqu'il revenait à table après avoir joué un morceau de piano. Chaque fois, serviable, il sortait sa montre de gousset pour lui répondre. Il finit cependant par s'en étonner et flairer une manœuvre.

– Emily, vieille branche, qu'y a-t-il ?

– J'ai lu quelque part que le sommeil était essentiel aux jeunes dames si elles voulaient rester jolies, dit-elle en bâillant. Et à force de vous chaperonner tous les deux tard le soir, je suis en manque. C'est mauvais pour mon teint.

Arthur afficha une moue dubitative.

– Tu m'as l'air en parfaite santé.

– La santé et la beauté sont deux choses différentes, Arthur. En plus, je me sens un peu fatiguée.

Elle bâilla de nouveau à s'en décrocher la mâchoire. Arthur fut assailli de remords.

– Oh, ma chère Emily ! Tu t'occupes si bien de nous. Tu as été absolument formidable ! Bien sûr que tu peux aller te coucher.

– Attends, pas tout de suite ! s'écria Emily, alarmée. Je n'ai pas encore eu mon pudding ! Tu veux bien me prévenir quand il sera onze heures moins le quart ?

– C'est drôlement précis, marmonna Arthur, un peu déconcerté. Mais d'accord.

Ainsi, à onze heures moins le quart, Emily quitta les autres invités qui dégustaient leurs entremets et remonta dans sa cabine. Elle ôta ses souliers de soirée et remit ses chaussures de pont à semelles souples. Elle devait être la plus discrète possible afin de filer Bobby sans se faire remarquer.

De nombreux grooms et stewards officiaient encore sur les ponts inférieurs, mais Bobby ne semblait pas être parmi eux. Elle se posta dans le virage au bout de son couloir, d'où elle surveilla la sortie de la salle des grooms. Après quelques instants, la porte s'ouvrit et Bobby se glissa à l'extérieur. Il ne portait pas ses patins.

Heureusement pour Emily, il tourna à droite, à l'opposé de l'endroit où elle guettait. Il dépassa l'ascenseur et continua dans le couloir en face. Elle le suivit, telle une ombre, en espérant qu'il ne se retournerait pas.

Ils n'étaient pas seuls. Des passagers qui rentraient du dîner, et ne voulaient ni danser ni assister aux animations de la soirée, affluaient. Emily en profitait pour se dissimuler derrière eux. Personne ne prêtait attention à cette fillette en robe courte ; elle aurait aussi bien pu être invisible.

Bobby atteignit l'extrémité de la coursive et disparut derrière une porte qu'Emily n'avait jamais remarquée. Un écriteau précisait : « Réservé au personnel. »

Elle l'ouvrit discrètement et se glissa à l'intérieur.

Elle dominait une grande volée de marches étroites et nues qui descendaient bas, très bas. Elle entendait les pas de Bobby résonner dans l'obscurité quelque part, un niveau au-dessous peut-être. Il marchait vite.

Elle s'engagea derrière lui en se tenant à une rampe en fer, unique garde-fou pouvant empêcher une chute dans le puits noir et profond de l'escalier.

Elle descendit rapidement plusieurs étages, ou « ponts », séparés chaque fois par des seuils étroits. Elle avait le vertige à cause de la vitesse, mais elle ne voulait pas perdre Bobby.

Elle arriva enfin à l'entresol. Bobby, parvenu au pied de l'escalier, poussa une dernière porte. Une rafale d'air chaud et humide s'échappa, accompagnée d'une odeur âcre et étrange, un mélange de terre et de fusain comme ceux qu'Emily utilisait en cours de dessin. Elle distingua aussi un bruit bizarre et effrayant – le martèlement régulier de lourdes masses métalliques. Une vive lumière rougeoyante éclaira l'escalier.

Puis la porte se referma et Emily fut de nouveau plongée dans le noir.

Le cœur battant, elle parcourut avec précaution les dernières marches. Sur la porte était écrit en grandes majuscules rouges : « **DANGER ! ACCÈS RÉSERVÉ AU PERSONNEL AUTORISÉ.** »

Bien sûr, Emily savait qu'elle ne faisait pas partie du « personnel autorisé ». Pendant un instant, elle faillit renoncer. Mais elle ne pouvait pas abandonner maintenant.

Elle posa une main sur la porte, qui était étonnamment vibrante et chaude au toucher. Il n'y avait pas de poignée, mais une sorte de dispositif en métal ; il lui fallut quelques secondes pour comprendre comment il fonctionnait – de précieuses secondes pendant lesquelles Bobby, elle le craignait, risquait lui échapper.

C'était la porte la plus lourde qu'elle ait jamais poussée de sa vie. Après y avoir employé toutes ses forces, elle accéda enfin de l'autre côté.

Chapitre 20

Était-ce un tunnel ou l'entrée des Enfers ?

Des silhouettes noires, qu'on aurait dites sorties d'un cauchemar, bougeaient de façon saccadée au loin. Elles hurlaient, gesticulaient et poussaient de lourds objets devant elles. Certaines semblaient avoir cinq membres ou des dos grossièrement déformés, à se demander si elles étaient humaines. Emily les distinguait mal à travers la vapeur épaisse qui enveloppait tout. Qui pouvait vivre dans un endroit aussi épouvantable ?

Il y avait de profonds renfoncements de chaque côté du tunnel. Chaque fois qu'une de ces créatures disparaissait à l'intérieur, un fracas formidable s'ensuivait et la chaleur s'intensifiait jusqu'à devenir presque insupportable. Le bruit rappelait à Emily celui de la trappe à charbon de sa maison de Londres, mais multiplié par un million. Ensuite un flot d'étincelles jaillissait, comme craché par la gueule d'une énorme bête, qui les ravalait aussitôt, provoquant un appel d'air brûlant dans tout le tunnel.

Emily perdit son courage. Terrifiée, elle se recroquevilla contre le mur. Ses oreilles sifflaient. En plaquant ses mains dessus pour les protéger du vacarme, elle s'aperçut que ses doigts étaient couverts de crasse. Elle ruisselait de transpiration. Elle se demanda même si ses cheveux n'avaient pas pris feu. Son visage lui brûlait et sa plus jolie robe de soirée était tachée de suie.

Puis quelqu'un, ou quelque chose, surgit devant elle. Un visage luisant et noir. Un trou béant s'ouvrit au milieu, dévoilant des dents brillantes. Une voix bourrue dit :

– Eh, qu'est-ce que je vois ?

Le cerveau ralenti par la fournaise et la peur, Emily se rabattit maladroitement sur son excuse habituelle :

– Je suis désolée. Je me suis perdue.

Les mots écorchèrent sa gorge desséchée.

– Ben en tout cas, tu retrouveras pas ton chemin par ici, jeune fille !

Bobby apparut derrière l'épaule de l'homme. Avec sa veste rouge et sa toque, il n'était clairement pas plus à sa place ici qu'elle avec sa robe de mousseline blanche.

Il époussetait ses vêtements quand il l'aperçut. Il en resta bouche bée. Il parut d'abord mortifié, puis furieux et aussi inquiet.

– Tout va bien, monsieur le soutier, dit-il. Elle vient de mon pont. Je vais la ramener.

– C'est une amie à toi, hein ?

Le soutier fit un clin d'œil à Bobby avant de retourner à son travail.

Le groom traîna presque Emily en direction de l'escalier.

– Qu'est-ce que tu fiches ici ? siffla-t-il.

Elle avait les jambes en coton mais, une fois le choc passé, elle rétorqua :

– Et toi, qu'est-ce que tu fais là ?

Il refusa de répondre et plissa les yeux.

– Tu m'as suivi, hein ? Ce n'est pas un lieu pour les gens comme toi. Tu sais où on est ?

– Là où les matelots font avancer le bateau. Je n'ai pas bien compris comment, cela dit.

– Moi non plus, je pige pas comment ça marche. Mais c'est dangereux, camarade. Il y a des grandes machines, des chaudières qui dégagent de la vapeur brûlante, des fourneaux qui crachent de feu, et Dieu sait quoi encore. Tu n'aurais jamais dû entrer. Tu pourrais m'attirer des ennuis.

– Désolée, Bobby, s'excusa-t-elle d'une petite voix.

Il était sincèrement en colère. Elle se demanda s'il lui en voulait de s'être mise en danger ou de l'avoir espionné au cours d'un rendez-vous secret.

– Une chance que je connaisse ce soutier ! continua-t-il. C'est un brave type, il ne me dénoncera pas.

Ils grimpèrent quelques marches et Bobby la guida jusqu'à l'ascenseur, s'épargnant ainsi une pénible remontée par l'escalier jusqu'au pont de première classe.

Ils n'échangèrent pas un mot dans l'ascenseur. Bobby ne croisait même pas son regard. Qui avait-il rencontré en bas ? Elle aurait aimé l'interroger, mais la présence d'autres passagers l'en empêchait.

Les dames parfumées en longue jupe de soie et les messieurs en cravate blanche lui jetaient des coups d'œil obliques, à elle, à ses mains sales, et à sa robe encore plus dégoûtante, sans parler de ses cheveux humides à cause de la vapeur des chaudières. Ils haussaient les sourcils, plissaient le nez et s'écartaient ostensiblement.

– Seigneur, Gerald, regardez cette enfant ! Je me demande bien à quoi pensent ses parents ! La laisser vagabonder dans le bateau à une heure pareille !

– Elle vient sans doute de la troisième classe. Elle est dans un état !

Indignée par leurs commentaires, Emily se regarda dans le grand miroir en pied de l'ascenseur. Elle constata avec consternation que le dos de sa robe, qu'elle avait appuyé contre le mur du tunnel, était tout noir. Elle avait de la suie étalée sur le visage et les mains. En plus, elle devait empester la fumée et l'huile de moteur. Mais une anthropologue en pleine expédition ne devait pas craindre de se salir !

Mystérieusement, Bobby était quant à lui resté impeccable. C'était énervant ! Les boutons en laiton de sa veste rouge brillaient comme des sous neufs et son pantalon noir conservait ses plis nets. Il rentrait et sortait de l'ascenseur d'un pas bondissant, en tenant la grille pour les passagers. Les gens le remerciaient et il les gratifiait d'un grand sourire en leur souhaitant poliment bonne nuit.

Sitôt arrivé sur le pont principal, il fut intercepté par un steward.

– Ah, te voilà, mon garçon ! J'ai une dernière mission pour toi ce soir. La sonnette de la cabine 24 vient de s'allumer. Allez, hop ! file.

Bobby partit comme une flèche. Le steward avisa les habits d'Emily, mais il eut le tact de garder ses réflexions pour lui.

Emily se retira dans sa cabine. Ida n'était pas encore rentrée du bal. Elle se déshabilla, roula sa robe sale en boule et la jeta sous le lit, puis elle entreprit de se décrasser le visage et les mains. Enfin elle se mit au lit et ouvrit son carnet d'un air abattu.

Sans enthousiasme, elle écrivit *Bobby Linotte: pourquoi la salle des machines?* Elle refusait de croire qu'il puisse être derrière tout ça, lui qui l'avait tant aidée.

Sous le nom *Cornelia Cartmell,* elle ajouta *cagibi ouvert! (??) Pas de pièce à conviction dans sa cabine.* Elle ignorait où elle aurait pu cacher une salopette jaune et un bidon à mazout. Par ailleurs, elle ne parvenait pas à imaginer la très chic Cornelia Cartmell enfiler quelque chose d'aussi indigne qu'une salopette trop grande.

Non, elle avait dû rater un indice crucial quelque part, mais lequel? Elle sentait que tous les incidents qui s'étaient déroulés à bord du *Princess May* conduisaient à un terrible dénouement, lequel se produirait avant que le bateau n'atteigne sa destination.

Il ne lui restait donc plus qu'une journée pour découvrir qui étaient les coupables et quelles risquaient d'être les prochaines victimes.

Chapitre 21

Le dernier jour se leva, chaud et ensoleillé. La mer était calme derrière les hublots. Le bateau avait cessé de tanguer. Il vibrait seulement un peu, de temps à autre, comme s'il poussait un soupir de soulagement.

Emily chercha Bobby lorsqu'elle descendit petit-déjeuner avec Ida et Arthur, mais il semblait occupé. Après le repas, ils décidèrent de faire une dernière partie de palet tous les trois. Enfin, surtout Emily et Arthur.

Ida prenait le soleil dans sa chaise longue, le visage protégé par un grand chapeau. Elle les observait paresseusement, le dos tourné à la mer comme d'habitude. Une brise tiède faisait à peine frémir les pages de son magazine. Puncheur Smith, assis un peu plus loin et habillé d'une tenue de bain rayée blanc et rouge qui descendait jusqu'à ses gros genoux, consignait ses notes. Il avait des mollets épais et blancs couverts de petits poils noirs. Emily les fixait, fascinée, tandis qu'Ida détournait pudiquement les yeux.

– Si seulement on avait eu aussi beau temps tous les jours, murmura-t-elle.

– Oui, je suis bien d'accord, répondit quelqu'un.

En cherchant d'où venait cette voix, Emily aperçut une paire de mains en train de tricoter de la laine beige. Le reste de la personne était caché derrière le dos de la chaise longue, mais à la couleur du tricot, elle devina qu'il s'agissait de Mme Pope. Les aiguilles cliquetaient à toute vitesse – une maille à l'endroit, une maille à l'envers…

Emily n'avait jamais très bien compris l'attrait pour le tricot. Mlle Poots tricotait parfois pour passer le temps quand elle transpirait sur une version latine. Cela lui semblait à la fois compliqué et ennuyeux, mais tout à fait fascinant à observer. Elle s'approcha et s'assit au bout du transat d'Ida, hypnotisée par les belles mains expertes de Mme Pope.

– Qu'est-ce que vous tricotez ? Est-ce pour un petit-fils ou une petite-fille ? demanda-t-elle poliment, désireuse de racheter sa conduite de la veille.

Elle avait déjà présenté ses excuses au petit déjeuner. Mais Mme Pope ne semblait pas lui tenir rigueur d'être entrée dans sa cabine sans autorisation.

– Un petit-fils ? répéta Ida. Oh, c'est adorable !

– Excellent choix de couleur, ajouta Emily. Au moins, si le bébé est malade, ça ne se verra pas.

– Emily ! s'exclama Ida, avant d'adresser un sourire contrit à la vieille dame.

– Non, je n'ai pas de petits-enfants, répondit Mme Pope, la mine grave. Je fais un foulard pour l'Amicale de la marine marchande. Je soutiens leur association.

– Je suis certaine que votre geste sera apprécié, affirma Ida avant de se pencher pour chuchoter : Qu'avez-vous fait de votre patronne ce matin ?

Mme Pope parut déstabilisée. Il est vrai que la beauté d'Ida, surtout vue d'aussi près, étonnait tout le monde.

– Mme Cartmell réfléchit à ce qu'elle va porter ce soir. Elle discutait avec le commissaire de bord quand je suis partie. Elle m'a demandé de la laisser seule pour essayer les costumes. Je crois qu'elle ne va pas tarder à me rejoindre, conclut-elle en soupirant.

Ida fut soulagée de voir son fiancé approcher.

– Arthur chéri ? Et si nous faisions un tour sur le pont ?

– Moi, je reste ici, dit Emily. Je me sens un peu fatiguée.

Ida lui jeta un coup d'œil soupçonneux mais, soucieuse d'éviter Cornelia Cartmell, elle ne s'attarda pas. Elle prit Arthur par le bras et l'entraîna rapidement à l'écart.

Emily s'installa sur une chaise longue un peu isolée, idéalement placée pour épier les gens et écouter leurs conversations. Elle patienta.

Radmilla Oblomov arriva bientôt sur le pont, en tenue de répétition sombre et chaussons de danse. Ses cheveux noirs brillaient au soleil. Elle semblait danser même quand elle marchait. Telle une belle panthère noire, elle s'assit avec grâce à côté de Muriel Pope, le visage malheureusement enlaidi par une expression grincheuse.

– Où est Arthurrr ? Comment vais-je danser ce soir si nous ne rrrépétons pas ! Je crois qu'il m'a oubliée !

– Il est parti se promener avec sa fiancée, ma chère, la renseigna Mme Pope. Il sera de retour dans un instant, vous verrez.

Radmilla fronça les sourcils. Elle pointa ses pieds délicats dans ses chaussons de satin, tout en regardant le couple d'un œil critique. Puncheur Smith la contemplait dans un silence admiratif, à l'agonie. Elle ne fit pas du tout attention à lui.

Un court instant plus tard, Mme Cartmell les aborda, équipée d'un parasol et d'un chapeau à voilette. Elle se laissa tomber à côté de Muriel Pope et commanda une limonade glacée à un steward.

– Il fait très chaud aujourd'hui, n'est-ce pas ? dit-elle d'une voix retentissante. Presque trop chaud. Les températures n'auront décidément pas été clémentes au cours de cette croisière.

– Je doute que M. Bamberger et le capitaine puissent agir sur la météo, madame, grommela Puncheur Smith.

Il guetta la réaction de Radmilla, espérant peut-être un sourire. Elle se borna à opiner du chef.

Mme Cartmell eut une grimace de dégoût en avisant les genoux nus du journaliste. Elle poursuivit en se plaignant du commissaire de bord.

– Il n'avait plus qu'un costume à ma taille pour ce soir : celui de la reine Victoria. Leur collection est ridicule ! Pour un voyage inaugural, ils auraient pu faire mieux.

– Je crois que vous serez formidable en reine Victoria, la flatta Muriel Pope. Vous avez une telle prestance et… euh… une telle autorité naturelle !

Seule Emily remarqua l'éclair de haine qui traversa son regard lorsqu'elle prononça ces mots. Pas de doute : Mme Pope détestait sa patronne de tout son cœur.

– Vraiment ? Merci, Muriel. Dans ce cas, je vais peut-être changer d'avis.

– Vous, les Anglais ! s'exclama Radmilla. Votre reine n'est morrrte que depuis neuf ans et vous jouez son rôle à une fête déguisée ? Dans mon pays, cela serrrait considéré comme une insulte !

– C'est un hommage, rétorqua Cornelia Cartmell. Je vous accorde que peu de personnes pourraient l'incarner avec le respect qui convient, mais je ferai de mon mieux.

Emily suivait les échanges en scrutant le vaste océan, comme si elle espérait voir l'Amérique apparaître à l'horizon. Personne ne lui prêtait attention.

– Et vous, madame Pope, en quoi serez-vous déguisée ? s'enquit Puncheur Smith, plus par curiosité que par courtoisie.

– Oh, je ne crois pas que j'irai, répondit-elle, troublée. Enfin, je ne sais pas s'il est approprié pour une dame de compagnie de…

– Mais enfin, madame, c'est une fête !

– Et vous-même, avez-vous quelque chose de décent à enfiler, monsieur Smith ? ironisa Cornelia Cartmell, en posant un regard appuyé sur les jambes nues du journaliste.

Dolly et Vera déboulèrent bras dessus, bras dessous, vêtues de robes à taille haute et coiffées de chapeaux de paille. Elles s'affalèrent près de Puncheur Smith en gloussant et en discutant de leurs costumes à voix basse. Cornelia Cartmell les snoba et se tourna vers la mer. Elle avait un regard si glacial qu'Emily eut peur que les vagues se figent d'un coup.

Louie Leblank s'approcha furtivement dans son blazer à rayures. Il se frottait les mains et souriait gaiement. Emily nota qu'il avait ôté le pansement de son doigt. La coupure était presque invisible.

– Tout va bien, les amis ? Quelle magnifique journée – offerte par le *Princess May* ! On vous a servi des boissons ? S'il vous manque quoi que ce soit, n'hésitez pas à le dire !

Il se pencha au-dessus des deux comédiennes.

– Mesdemoiselles, vous êtes magnifiques aujourd'hui !

Elles battirent des cils et recommencèrent à pouffer de rire.

– Où est votre petit homme ? demanda-t-il à Mme Cartmell. Il n'est tout de même pas malade avec un temps pareil ?

– Mon fils, si c'est à lui que vous faites allusion, est au salon de lecture, répondit sèchement Mme Cartmell. Il se documente sur les albatros.

Mme Pope sursauta tandis que Louie Leblank restait parfaitement inexpressif. Emily pensa qu'il n'avait peut-être jamais entendu parler des albatros. Cornelia cracha méchamment :

– L'oiseau de mauvais augure, vous savez. Ma dame de compagnie se figure en avoir vu un hier.

– Je ne voulais pas effrayer ce pauvre garçon, bredouilla Mme Pope. Je me suis certainement trompée.

– Mon Elmer n'est pas une mauviette, clama fièrement Mme Cartmell. Il voulait en savoir plus.

– C'est tout à son honneur, madame, dit Louie Leblank. Quoi qu'il en soit, laissez-moi vous assurer qu'aucun mauvais présage ne viendra gâcher la fin de cette traversée !

– Comment pouvez-vous en être aussi sûr ? intervint brusquement Puncheur Smith. Nous avons pourtant reçu de nombreux avertissements, non ? (Il se dressa sur un coude, le regard noir.) Nous avons tous été victimes d'incidents, plus ou moins graves – tous autant que nous sommes ici.

Il y eut un murmure d'approbation général.

– J'aurais pu me briser le dos ! rappela Radmilla Oblomov.

– J'ai cru me vider de mon sang ! s'écria Muriel Pope. Et puis ces bruits de pas la nuit !

– Moi, j'ai vu le fantôme ! ajouta Dolly.

Mme Cartmell préféra se draper dans sa dignité et garda le silence sur ses mauvaises expériences.

Puncheur Smith leva la main pour couper court aux bavardages – une main puissante, avec des doigts boudinés et une paume large qui semblait pouvoir les contenir tous.

Il parla fort et avec emphase.

– Ce n'était qu'un début. Nous ignorons qui sera la prochaine victime, et pourquoi elle sera frappée, mais je suis convaincu que nous allons assister à un drame avant la fin de cette croisière. Un drame qui pourrait être littéralement… funeste.

Emily écrivit dans sa tête : **Pourquoi est-il aussi catégorique** ? Était-il suspect ? S'était-il changé en détective et avait-il découvert des indices qui lui avaient échappé ?

Sa remarque fut accueillie par un silence choqué.

– Vous voulez parler… d'un meurtre ? dit Vera, les yeux écarquillés.

Il hocha la tête, la mine sinistre.

– En effet.

– C'est ridicule, monsieur ! s'emporta Cornelia Cartmell, qui semblait malgré tout un peu secouée.

Radmilla Oblomov se tordait les mains dans une attitude plus tragique que jamais ; cette femme croyait au Destin, Emily le savait.

– Ce serrra moi, je le sais ! Quelqu'un veut m'empêcher de danser à tout jamais !

Muriel Pope poussa un petit cri d'effroi et porta sa pelote de laine beige à ses lèvres.

– Oh, Seigneur, Seigneur !

Dolly et Vera se dévisageaient. Elles joignirent leurs mains parfaitement manucurées au-dessus de leurs chaises longues et entrelacèrent leurs doigts.

Le sourire joyeux de Louie Leblank s'envola. À présent, sa peau cireuse paraissait vieille, ridée, et le soleil trahissait son recours à des teintures. L'espace de quelques secondes, il manifesta une profonde antipathie pour tous ces invités.

– Je vais devoir vous demander aussi poliment que possible, monsieur Smith, de ne pas épouvanter les invités de M. Bamberger avec vos idées extravagantes. M. Bamberger vous a tous invités sur ce magnifique navire pour son voyage inaugural ; vous avez été choyés et dorlotés à ses frais. Vous pensez vraiment qu'il laisserait quoi que ce soit arriver à l'un d'entre vous ?

Emily n'eut plus de doute sur la loyauté de Louie Leblank envers M. Bamberger. Il venait de l'exprimer avec sincérité et spontanéité. Elle se résigna mentalement à le rayer de sa liste de suspects.

– Mesdames et messieurs, préparez-vous pour la splendide fête de ce soir et oubliez vos inquiétudes, reprit-il sur son ton habituel. Il n'y a aucune raison de s'affoler, je vous l'assure. Demain nous serons à New York !

Sur ces mots, il inclina le buste en souriant et prit congé.

– C'est un traître, vous savez, déclara Cornelia Cartmell d'une voix forte. Il travaillait pour mon mari.

– Jusqu'à ce que votre mari le renvoie, précisa Puncheur Smith. Pas étonnant qu'il soit fidèle à Bamberger maintenant !

Emily se leva discrètement et s'esquiva.

Elle trouva Elmer installé dans le salon de lecture, ainsi que l'avait dit sa mère, absorbé dans la lecture du *Vol. I : A à ASTICOTER* de l'encyclopédie.

Le temps avait attiré les passagers sur les ponts et il était seul, à l'exception du bibliothécaire qui bâillait discrètement derrière sa main. Celui-ci reconnut aussitôt Emily.

– Depuis votre passage, tout le monde s'arrache ce volume, jeune fille ! Le jeune homme que vous voyez là me l'a demandé, ainsi qu'une dame, plus tôt ce matin, et même un monsieur !

– Ça alors !

Muriel Pope avait peut-être tenu à vérifier l'information selon laquelle les albatros ne survolaient pas l'Atlantique. Mais le monsieur ?

– Pourriez-vous me les décrire ? demanda-t-elle.

Le bibliothécaire parut surpris, mais il s'ennuyait ferme et était par conséquent tout disposé à satisfaire sa curiosité.

– Je ne me rappelle pas bien la dame. En revanche, je sais que le monsieur s'apprêtait à piquer une tête dans la piscine de première classe. Il n'avait pas la tenue appropriée, mais il avait un sac en tissu-éponge.

– Merci.

Puncheur Smith était donc venu faire quelques recherches.

Quand Emily s'assit à côté de lui, Elmer referma l'encyclopédie d'un coup sec. Un nuage de grains de poussière se mit à tourbillonner dans le flot de lumière qui se déversait par le hublot.

– Tu avais raison : Mme Pope n'a pas pu voir d'albatros. Comment tu sais autant de choses, Emily ?

– Eh bien… j'ai peut-être un cerveau exceptionnel.

– En tout cas, je suis content que tu sois là, dit-il timidement. Je n'ai toujours pas eu l'occasion de te remercier de m'avoir aidé à secourir ma mère.

Emily fut touchée par sa gratitude.

– Tu sais, Elmer, elle aurait pu sortir de ce placard toute seule à n'importe quel moment. La porte n'était pas verrouillée… Je crois que la personne qui l'a poussée à l'intérieur a dû être dérangée par un bruit. Elle a paniqué et elle a filé avant d'avoir eu le temps de tourner la clé.

– Oui. Sauf que m'man, elle, elle ne le savait pas.

– Elle a dû essayer de s'enfuir pourtant ?

Après un instant d'hésitation, il se pencha au-dessus du livre et chuchota :

– Tu peux garder un secret ?

Elle hocha la tête, intriguée.

– Jure-le. Jure-le sur ce que tu as de plus précieux.

Emily réfléchit. Elle ne pouvait quand même pas jurer sur la tête d'Arthur, ni d'Ida ou de ses deux tantes – ça ne se faisait pas. Et puis, laquelle de ces personnes lui était la plus précieuse ? Elles l'étaient toutes, chacune à sa manière.

– D'accord. Je le jure sur mes cahiers d'anthropologue.

Bien sûr, Elmer ignorait dans quel piteux état ils se trouvaient à ce moment-là. De sa liste de suspects, il ne restait plus qu'une série de ratures et de noms barrés – enfin, à l'exception de celui de Cornelia.

Il murmura entre ses dents :

– La vérité, c'est qu'elle a une peur panique des espaces clos. Elle refuse d'en parler au cas où les gens la prendraient pour une petite nature. Elle doit avoir l'air fort, tu comprends, parce qu'elle a beaucoup d'employés. Elle a la trouille rien qu'en montant dans les ascenseurs de ses hôtels, mais elle le cache. Sur le bateau, elle prend toujours l'escalier. Elle m'a raconté que la peur l'avait paralysée dans le cagibi. Elle ne pouvait plus bouger. Elle n'a même pas réussi à ramper jusqu'à la porte. Sinon, elle se serait rendu compte qu'elle n'était pas fermée.

– Je vois, dit lentement Emily. Tu saisis ce que ça signifie ?

Comme il faisait non de la tête, elle précisa sa pensée :

– L'agresseur de ta mère n'a peut-être pas été interrompu en plein méfait. En réalité, il était au courant pour sa phobie des espaces clos. Le secret n'est pas aussi bien gardé que tu le crois, Elmer !

Chapitre 22

Emily et Ida se préparaient pour le bal costumé. Ida avait interrompu le goûter de sa cousine sous prétexte qu'elle avait besoin de son aide, et d'un maximum de temps pour se faire jolie.

Quand elle n'était pas occupée à boutonner le costume de Salacie, Emily se morfondait sur le canapé en fixant ses mouchoirs tachés de mazout et son carnet rempli de ratures.

Elle aurait aimé prendre le thé avec M. Bamberger pour la dernière fois, mais il s'était désisté à regret : il devait écrire un discours pour les célébrations de la soirée. Un discours important, avait-il expliqué, parce que le capitaine serait présent et qu'il tenait à le remercier d'avoir étrenné son nouveau bateau. Il voulait également remercier ses invités spéciaux et les autres passagers de première classe d'être venus.

– C'est nous qui devrions vous remercier ! avait protesté Emily.

– Ma chère Emily, le propriétaire de la compagnie maritime a pour rôle de rendre ses passagers heureux – et non l'inverse ! – pour qu'ils aient envie de remonter à bord !

Et pourtant, au cours du goûter dans la salle à manger de première classe, Emily avait été frappée par l'ambiance morose qui régnait à la table des invités de M. Bamberger. Ils grignotaient leurs sandwichs au concombre et leurs éclairs avec la mine grave, sans un mot, encore affectés par le coup d'éclat de Puncheur Smith sur le pont ce matin-là.

Le ciel était lumineux derrière les baies vitrées. Mais une brume blanche était apparue au ras des flots pendant le déjeuner ; elle brouillait la ligne d'horizon, masquait le soleil et jetait une lueur irréelle sur les nappes en lin et les visages pâles des personnes rassemblées.

– Emily, tu ne devrais pas commencer à t'habiller, toi aussi ? demanda Ida.

Emily sursauta d'un air coupable sur le canapé. Son costume pour la soirée gisait en tas à ses pieds ; elle ne l'avait pas encore regardé.

– Dans une minute.

Une image venait de ressurgir dans son esprit. Une image importante. Un souvenir de la première matinée à bord. Aurait-elle ignoré des indices depuis le départ ? Ils étaient là pourtant, comme un ensemble de petits points qu'il suffisait de relier pour leur donner un sens. Son cerveau turbinait furieusement.

Ida tournoyait devant elle. Ses longues jupes vertes scintillaient, de même que les écailles de sa queue de sirène, et ses cheveux blonds flottaient dans son dos sous le diadème de coquillages.

– Comment me trouves-tu ?

Emily l'examina.

– Ton visage et tes mains ne devraient pas être verts ?

– Oh, fit Ida, déçue. Tu crois ?

– Eh bien, la femme de Neptune n'est pas humaine. C'est une déesse de la mer.

– Je ne suis pas sûre de plaire à Arthur avec une peau verte… J'ai une idée ! Si je me maquillais seulement les paupières ?

– Je suppose que ça fera l'affaire.

– Alors sois un amour, Emily : cours à la cabine de Radmilla et demande-lui si je peux lui emprunter son fard vert.

– Tu ne peux pas y aller, toi ? bougonna Emily.

Elle voulait se concentrer sur son faisceau d'indices – du moins, s'il s'agissait bien d'indices. Pourvu qu'elle ne parte pas sur de fausses pistes ! Elle avait besoin de temps pour réfléchir.

– Je ne veux croiser personne avant d'être prête. Il faut que je garde la surprise pour Arthur. S'il te plaît, Emily chérie.

Emily, comme Arthur, était incapable de résister aux cajoleries d'Ida. Elle s'exécuta donc et marcha jusqu'à la cabine de Radmilla, l'esprit en ébullition.

– Qu'y a-t-il ? cria Radmilla, en colère, à travers sa porte. Je suis en pleine prrréparation mentale pour ma rrreprésentation !

Emily lui expliqua la situation et fut autorisée à entrer.

Un tutu blanc scintillant, décoré de plumes habilement cousues dans le corselet et la jupe, pendait à la porte du placard. La coiffeuse était couverte de bâtons de maquillage de scène et deux chaussons de danse à rubans de satin d'un blanc immaculé traînaient sur le lit. Emily, momentanément distraite, leur jeta un regard plein d'envie. Mais non, elle serait anthropologue.

Radmilla portait pour l'instant un peignoir en soie bordeaux, orné d'un dragon chinois dans le dos. Elle avait le visage nu et les cheveux lâchés. Leur couleur noire comme l'ébène contrastait avec la pâleur de son teint. Elle semblait plus jeune et plus vulnérable que d'habitude, malgré son expression dure.

– Dépêche-toi ! Je dois rrrépéter avant ce soir. Tiens !

Elle jeta son vanity-case à Emily.

La jeune fille choisit un bâton vert foncé avec des paillettes.

– Merci. Ida vous en sera très reconnaissante.

Elle fit une pause sur le seuil avant de sortir.

– Vous n'auriez rien perdu dans ce vanity, par hasard ? Un flacon de verre vide, par exemple ?

Radmilla secoua la tête si furieusement que ses cheveux se tortillèrent comme des serpents autour de son cou.

– *Niet !* Sorrrs maintenant !

Emily battit en retraite et descendit le couloir, pensive.

Ida se jeta sur le fard et lorsque son fiancé apparut, particulièrement imposant dans son costume de Neptune, ses paupières étaient d'un vert saisissant qui rappelait un peu la couleur des algues marines. Sur la suggestion d'Emily, elle en avait aussi étalé sur ses lèvres et sur ses sourcils blonds.

Arthur parut troublé.

– Ma chère, vous avez une apparence tout à fait inhumaine… enfin, non humaine !

Ida fronça les sourcils.

– C'est bien l'idée, non ?

– Elle incarne une créature mythologique, Arthur, dit Emily d'un ton sévère. Évidemment qu'elle n'a pas l'air humaine. Tiens. Mets-en, toi aussi.

Elle lui tendit le crayon gras, qu'il repoussa.

– Merci, Emily. Mais Ida est splendide alors que j'aurais l'air d'un cornichon.

– Et moi, de quoi vais-je avoir l'air ? soupira Emily.

Elle regarda par terre. La boîte à chapeau semblait légèrement déformée et n'évoquait plus de façon aussi convaincante la coiffe d'une créature marine exotique.

– Tu veux qu'on t'aide à t'habiller, vieille branche ? proposa Arthur.

Emily secoua la tête.

Ida lui souffla un baiser (pailletant ainsi de vert la pointe de ses doigts), passa son bras sous celui d'Arthur (laissant au passage des empreintes de doigts vertes sur sa cape), et ils partirent.

Emily enfila la vieille chemise d'Arthur, fixa les foulards, puis se mira dans la glace en pied d'un air abattu. Elle attrapa sa brosse à cheveux et, finalement, la reposa. Pourquoi se donner la peine de se peigner puisqu'elle allait mettre une coiffe sur sa tête ? Ses anglaises étaient en train de se relâcher, mais personne ne s'en apercevrait.

C'est alors qu'elle prit subitement conscience de ce qui la gênait. Bien sûr – *bien sûr!* Elle resta encore un instant absorbée dans ses pensées, puis elle se rua vers la porte, les pans de son costume battant dans son dos.

Elle avait une question essentielle à poser et elle savait qui pourrait y répondre.

Puncheur Smith lui ouvrit immédiatement sa porte. Elle eut du mal à le reconnaître au début. Ils se dévisagèrent avec étonnement : lui coiffé d'un énorme Stetson, les manches de chemise relevées sous un gilet en cuir de vache ; elle dans son costume de créature marine exotique, sans la boîte à chapeau.

– Tu t'es inspirée de « Meunier, tu dors » pour ton déguisement ? demanda Smith.

Elle ignora sa question. Être comparée à un personnage de comptine en chemise de nuit était une insulte qu'il valait mieux ne pas relever.

– Et vous, vous êtes déguisé en cow-boy ?

– Pas n'importe quel cow-boy. Buffalo Bill, pionnier du Far West ! Que veux-tu ?

Elle baissa la voix. Des voyageurs passaient juste derrière elle, en route vers les festivités.

Dolly et Vera, terriblement séduisantes dans leurs costumes de squaws, avaient l'audace d'exposer des bouts de jambes et de bras nus. Cornelia Cartmell était, comme prévu, costumée en reine Victoria. On aurait dit un colis enveloppé dans du papier noir. Le front haut, la démarche auguste, elle était accompagnée de Muriel Pope, dont l'accoutrement ressemblait à s'y méprendre à ses tenues de soirée habituelles, à savoir une veste informe par-dessus une longue jupe tout aussi mal coupée. Emily devina qu'Hiram Fink s'était habillé en Charles Dickens, célèbre voyageur transatlantique, car il avait un livre relié en cuir et une plume d'oie à la main; il inclina son chapeau haut de forme pour saluer la jeune fille.

Il était suivi de Louie Leblank, qui personnifiait un trappeur plus très fringant, en bottes et veste de cuir. Son visage blanc disparaissait sous un énorme chapeau en peau de castor dont la queue mitée lui tombait constamment dans la bouche.

Emily inspira à fond.

– J'ai besoin de vous poser une question, monsieur Smith, chuchota-t-elle. C'est extrêmement important. On pourrait même dire... *vital.*

– Le moment est mal choisi, même pour une question vitale, objecta-t-il, mais sa curiosité de journaliste prit le dessus. Eh bien, dépêche-toi. Et parle plus fort, ma fille! L'âge me rattrape.

Emily obtint de Puncheur Smith la réponse dont elle avait besoin, et qui vint confirmer ce qu'elle soupçonnait déjà.

Maintenant, elle savait tout. Une personne, une seule, était réellement menacée à bord du *Princess May*.

Un crime se préparait. Elle devait alerter M. Bamberger. Lui restait-il seulement assez de temps pour ça ? Elle devait d'urgence se rendre à la fête et mettre à profit son sens de l'observation.

Elle fit un rapide crochet par sa cabine, le temps d'enfoncer la boîte à chapeau sur sa tête. Elle ne se voyait que par petits bouts dans le miroir parce que Arthur avait fait les fentes pour les yeux trop petites. Elle se trouva plus bizarre qu'exotique, mais son style était le cadet de ses soucis ce soir-là.

Elle sortit à tâtons de sa chambre.

Le couloir lui parut très silencieux tout à coup, soit que la plupart des passagers soient déjà partis à la fête, soit que le carton de sa coiffe assourdisse les bruits. Cette espèce de casque se révélait très sombre et assez étouffant, en fin de compte. Elle y voyait tellement mal qu'elle se demanda si elle ne l'avait pas mis à l'envers.

Elle progressa maladroitement en se tenant au mur de sa main gauche. Elle devait d'abord aller prévenir M. Bamberger dans sa cabine. En levant la boîte à chapeau, elle constata qu'elle était presque arrivée.

Elle martela la porte avec le poing, au cas où il serait très concentré sur son discours.

– Monsieur Bamberger ! C'est moi, Emily. J'ai quelque chose d'urgent à vous dire !

N'obtenant aucune réponse, elle recommença. Puis elle essaya de tourner la poignée de la porte. Fermée. Il était déjà parti à la soirée. Il n'y avait pas une minute à perdre !

Elle remit péniblement sa coiffe en place et continua son chemin chaotique. Elle devait s'approcher de la salle des stewards, puis elle se dirigerait vers l'ascenseur.

La chemise d'Arthur, trop longue, la gênait et elle craignait de se prendre les pieds dedans. Devant sa bouche, le carton devenait un peu humide. Elle voulut soulever complètement la boîte à chapeau, mais ses cheveux s'y étaient accrochés. Pour finir, quand elle tira dessus, elle crocheta l'arrière de son costume.

Elle se figea soudain. Y avait-il quelqu'un derrière elle ? Ou étaient-ce les battements de son cœur qui résonnaient à ses oreilles ?

Totalement aveuglée, elle ne savait plus quoi faire. Puis elle sentit une poussée violente dans son dos, entre les omoplates. Elle bascula vers l'avant, stupéfaite. Une seconde bourrade l'envoya rouler sur un sol dur.

Une porte se ferma derrière elle et elle entendit la clé tourner dans la serrure.

Chapitre 23

Emily resta totalement immobile pendant une seconde ou deux. Elle crut que son cœur allait s'arrêter. Mais elle n'était pas blessée. Elle s'en assura en bougeant un peu. Et son cœur semblait fonctionner même si son pouls s'était emballé.

Où était-elle ?

Il régnait un silence de mort. Elle devait se trouver dans une pièce close. Prudemment, elle se mit à quatre pattes puis elle s'assit. Elle suffoquait sous son masque en carton. La boîte à chapeau, cabossée à cause de sa chute, lui appuyait sur le nez et continuait de lui tirer douloureusement les cheveux. Elle l'arracha.

Malheureusement, l'obscurité semblait tout aussi dense sans la coiffe qui l'aveuglait. L'atmosphère, qui empestait les produits chimiques et la poussière, lui piquait les narines. Encore une minute ici et elle n'aurait plus d'oxygène à respirer. Ce placard était parfait pour ranger les balais et les bouteilles de désinfectant – pas les jeunes humaines. Pas étonnant que Mme Cartmell ait paniqué.

Qui viendrait la tirer du cagibi ? Qui viendrait la secourir ? Les passagers étaient tous à la fête, de même que les stewards et les grooms.

Elle tendit un bras. Elle sentait la porte derrière elle, même si elle ne pouvait pas la voir. Il n'y avait pas de poignée de ce côté mais ses doigts, en explorant la surface, reconnurent les contours d'une serrure. Bien sûr, sans la clé, la serrure ne lui était d'aucune utilité. Elle poussa sur la porte au cas où, une première fois, puis une deuxième, plus fort. Elle ne céda pas.

Il ne lui restait plus qu'à attendre que les gens rentrent à leurs cabines et à se manifester en faisant le plus de bruit possible.

Le problème, c'est que d'ici là, le meurtre aurait été commis – sans doute sur les lieux de la fête. Elle en était quasiment certaine. Elle savait qui était l'assassin ; elle connaissait le mobile. Elle seule pouvait empêcher ce crime.

Elle tenta de calmer sa respiration. L'air était si infect qu'elle crut vomir. Les relents âcres des produits et la poussière épaisse couvraient une odeur familière qu'elle ne parvenait pas à identifier.

Quelque chose bougea soudain dans le noir. Une créature vivante. Trop grosse pour être une souris ou un rat. Non, ce son lourd et appuyé ne pouvait venir que d'un humain qui changeait de position, peut-être, ou se préparait à l'attaquer.

Pétrifiée, elle retint son souffle. Dans un espace aussi confiné, elle n'avait aucune chance de s'échapper. Le cœur serré, elle ravala un gémissement. L'inconnu devait l'écouter aussi. Elle n'entendait plus rien.

Mais, bien entendu, on ne peut pas retenir son souffle éternellement. Emily aspira une grande bouffée d'air fétide et fut prise d'une affreuse quinte de toux. Catastrophe !

Une allumette s'alluma tout à coup. Elle révéla une paire d'yeux qui scintillaient au milieu d'un visage aussi effrayé que le sien.

– Bobby !

– Ben zut, c'est toi ! (Il souffla sur l'allumette avant que la flamme ne lui brûle les doigts.) Tu m'as flanqué une de ces frousses quand t'es tombée ! Je voyais juste une sorte de monstre à contre-jour.

– C'est mon costume.

Emily reprit un peu d'assurance. Elle était toujours enfermée, mais avec un compagnon d'infortune, au moins – pas un agresseur.

– Qu'est-ce que tu fabriques ici, camarade ? Encore en train de chercher des indices ?

Elle frotta son dos endolori.

– Non ! On m'a poussée. Tu as aperçu qui c'était ?

– J'y voyais que dalle. À part ta tête qui bloquait la lumière.

– Et toi, qu'est-ce que tu fais là ? On t'a poussé aussi ?

– J'étais venu chercher une clope.

– Une cigarette ? Ici ?

– Je les planque dans le cagibi. M. Bamberger interdit aux grooms de fumer, tu vois ? Quand j'ai de la chance, mon copain à la chaufferie m'en passe quelques-unes.

– Oh.

Alors voilà ce qu'il était parti faire la veille au soir ! Elle sursauta quand il lui saisit la cheville.

– Ne me dénonce pas, hein ? J'aurais de gros ennuis.

– Bien sûr que non ! En attendant, on a déjà de gros ennuis, Bobby ! La personne a fermé la porte !

– Fastoche, répondit-il d'un ton satisfait. J'ai une clé ! Je l'ai piquée dans la salle des stewards. Maintenant que j'y pense, il manquait le double. La personne qui t'a poussée a dû se servir.

– Sortons tout de suite de cet horrible endroit ! Je dois empêcher un meurtre !

– Mince alors ! OK, attends une seconde. J'ai besoin de lumière. Tu peux craquer une allumette ?

– Évidemment !

Mais quand Bobby lui passa la boîte dans le noir, elle s'aperçut que ses mains tremblaient.

Elle réussit néanmoins à obtenir une petite flamme. À sa lueur fragile, Bobby tourna la clé. Ils poussèrent ensemble de toutes leurs forces et tombèrent de l'autre côté, dans le couloir, dans un enchevêtrement de bras et de jambes.

Ils restèrent couchés au sol quelques instants, en clignant des yeux, soulagés, dans la lumière vive.

– Eh ben, t'as un drôle d'accoutrement, finit par dire Bobby. Tu es censée représenter quoi ?

– J'ai une idée géniale ! se vanta Emily en s'époussetant. C'est toi qui vas le prendre.

Elle retourna dans le cagibi et récupéra sa coiffe abîmée. Il restait assez de temps pour empêcher une tragédie si Bobby voulait bien y mettre un peu du sien !

Une expression méfiante était apparue sur son visage.

– Que veux-tu dire ?

– Je vais te montrer.

Elle marcha vers la salle des stewards.

– Hé ! fit Bobby, alarmé. Tu ne peux pas rentrer là-dedans !

– Pourquoi pas ? Ils sont tous partis à la fête et nous avons besoin d'un coin tranquille pour préparer notre plan.

– Quel plan ? J'ai pas de plan, moi !

– Je m'en occupe. Maintenant lève-toi ! Il n'y a pas de temps à perdre !

– Tourne le dos et ne regarde pas ! ordonna Emily.

– Toi non plus, regarde pas !

Ils s'étaient réfugiés à l'intérieur de la salle des stewards, déserte, dans une atmosphère rance de tabac et de bière. Ils retiraient la première couche de leurs tenues, Emily avec soulagement, Bobby avec beaucoup plus de réticence. Il avait fallu gaspiller de précieuses secondes pour le persuader d'accepter.

– Bobby ! avait dit Emily, exaspérée, alors qu'il ne voulait même pas ôter ses chaussures. Si le meurtre a lieu, tu perdras ta place ! Il y aura un terrible scandale et personne ne voudra plus jamais monter à bord du *Princess May* !

– Je perdrai ma place de toute façon s'ils s'aperçoivent que j'ai prêté mon uniforme à une passagère ! rétorqua-t-il en enlevant sa veste, ce qui était déjà un début.

– Attends ici. Si mon intuition est bonne, ils nous remercieront !

Emily, quoi qu'elle en dise, n'était pas complètement sûre que son plan allait marcher. Elle tenta de chasser ses doutes.

– Fais-le pour M. Bamberger au moins, d'accord ?

Bobby changea d'expression.

– Oh, oui ! M. Bamberger est tout pour moi ! C'est un vrai gentleman. Quand je faisais l'idiot pendant mon apprentissage et que le chef steward voulait me flanquer à la porte, c'est lui qui a décidé de me donner une seconde chance. Je ferais n'importe quoi pour lui.

– Eh bien. Déshabille-toi et mets mon costume.

Bobby se défit de son pantalon. Emily jeta un coup d'œil malgré elle. Ses jambes étaient si maigres et blanches qu'elle en eut un pincement au cœur. L'orphelinat des sœurs de l'Espoir nourrissait mal ses enfants. Raison de plus pour empêcher le meurtre ! Elle devait s'assurer que Bobby aurait toujours de quoi manger à l'avenir.

– Je me sens vraiment bête dans ce déguisement, grommela Bobby.

Emily n'osa pas lui avouer que son impression était justifiée.

– On a besoin que les gens croient que tu es moi et que je suis toi. On se fiche que tu aies l'air idiot ou pas.

– Hmm.

Bobby examina Emily de la tête aux pieds. Son uniforme, rapidement devenu trop petit pour lui, allait remarquablement bien à la jeune fille. Ses chaussures noires étaient un peu trop grandes et les épaules de sa veste rouge, trop vides au niveau des coutures de la manche, mais à part ça, Emily ressemblait vraiment à un groom. Elle sourit.

– C'est la première fois que je porte un pantalon !

Elle éprouvait une liberté et un sentiment de pouvoir extraordinaires. Quel soulagement de ne pas avoir à se soucier de ses bas de laine et du tablier qui s'enroulait en permanence autour de ses genoux ! Avec un pantalon, on pouvait faire des grands pas, traverser le monde comme un prince et être écouté plus facilement.

– Tu ressembles à une fille déguisée en garçon, critiqua Bobby.

– Attends !

Elle lui prit sa toque, remonta ses cheveux et enfonça le chapeau dessus, puis elle le regarda d'un air triomphant. Il inclina légèrement le chapeau sur le côté, ajusta la lanière sous son menton et hocha la tête.

– Ça fera l'affaire, camarade. Mais tu ne me ressembles pas.

– Aucune importance. Tant que je ressemble à un groom.

– À mon avis, ils auront baissé les lumières. Alors je vais devoir y aller dans cet accoutrement ? Tes chaussures sont trop petites ! J'espère que les autres garçons ne vont pas s'apercevoir que je porte des souliers de fille. Je ne vois pas en quoi ça va aider M. Bamberger…

Emily attrapa la boîte à chapeau. Elle la cala sur le crâne de Bobby avant qu'il ait le temps de protester.

– T'es épatant, Bobby. Je savais que je pouvais compter sur toi. Tu n'auras pas besoin de parler, fonds-toi dans la foule, c'est tout.

Un marmonnement s'échappa de la boîte à chapeau. Emily crut distinguer les mots : « Je vois rien ! »

Pas le temps de s'émouvoir.

– Je serai tes yeux, Bobby. Laisse-moi faire. Viens maintenant !

Chapitre 24

Bobby suivit Emily en traînant des pieds et en trébuchant.

– J'y vois rien ! se plaignit-il à travers le carton.

– Prends ma main.

– Pas question que je prenne la main d'une fille, même une fille de première classe !

Elle la lui prit d'autorité, sans tenir compte de son avis.

– Ne fais pas tant de manières ! On doit réussir !

Les passagers qu'ils croisaient regardaient Emily d'un air approbateur.

– Comme c'est adorable, murmura une lady à son compagnon. Un groom qui aide un enfant à aller à la fête – mon Dieu, en quoi peut-il bien être déguisé ?

– Une créature marine exotique ! grogna Bobby, mais ils les avaient déjà dépassés.

Emily entendit à travers la boîte à chapeau :

– On est obligés de marcher aussi vite ? Ces souliers ne sont vraiment pas pratiques !

– Je répète : il y aura un meurtre à bord du *Princess May* à moins que j'arrive à temps pour l'arrêter !

La salle de bal était vivement éclairée. Les lustres illuminaient les costumes recherchés des passagers. Des Peaux-Rouges décorés de plumes brillantes et de jupes à franges côtoyaient des cow-boys munis de lassos, des matelots, des danseurs folkloriques, des gardes en veste rouge et bonnet à poils, des policiers, des médecins et des infirmières. On comptait plusieurs Neptune avec leurs épouses, mais aucun de ces couples n'était plus splendide et majestueux qu'Arthur et Ida – même si le visage d'Ida était un peu barbouillé de fard vert, maintenant.

La lumière scintillait comme de l'or liquide dans les verres de champagne que les invités portaient à leurs lèvres. La scène, sur laquelle jouait en général l'orchestre, demeurait pour l'instant vide, à l'exception du piano qui attendait sagement Arthur.

Radmilla était tapie dans un coin, vêtue de son peignoir bordeaux par-dessus ses collants de danse, l'air furieux et supérieur, ses yeux noirs maquillés de façon outrancière. Mme Pope s'était approchée d'elle et lui offrait du champagne, ainsi peut-être que quelques mots d'encouragement fervents et sincères. Dans le brouhaha, Emily ne les entendit pas.

À travers les fentes de ses yeux, Bobby repéra les petits fours. Ils étaient posés sur des plateaux en argent au milieu des tables couvertes de nappes de lin qui se succédaient sur toute la longueur de la salle : huîtres fumées, fromage frais sur biscuits, tranches d'œuf dur en gelée sur petits toasts...

Un murmure étouffé jaillit de la coiffe :

– À manger ! J'ai faim, et pas qu'un peu !

– Plus tard ! dit Emily en luttant pour effacer le souvenir de ses jambes maigres. De toute façon, tu ne peux pas manger à cause du carton !

– Te voilà enfin, Emily ! s'exclama Ida en attrapant Bobby par le coude, pendant qu'Emily cachait vite son visage derrière le menu du dîner.

– Viens, je vais te présenter la comtesse. Tu lui parleras en français, d'accord ? Je n'ai aucune idée de ce qu'elle raconte ! Il faut aider Arthur.

– Je ne peux pas, bredouilla Bobby.

– Comment, chérie ?

– Je ne parle pas le français !

– Bien sûr que si, voyons ! Tu l'apprends depuis des années avec Mlle Poots. Tu as mal à la gorge ? Tu as une voix bizarre ce soir.

– Emily, dit Arthur, déconcerté. Cette bonne nuit de sommeil t'a tellement profité que tu as grandi !

– *Ah, voilà la petite cousine ! Je suis enchantée de te rencontrer !*[2]

Une dame élégante, avec un diadème incrusté de diamants et une cape d'opéra en satin, tendit une main blanche à Bobby, remarqua que la sienne était couverte de poussière après son passage dans le cagibi et se ravisa. Elle inspecta le costume de créature marine avec curiosité.

– *C'est intéressant. Quel est ce déguisement, je vous prie ? Il est ingénieux, mais assez étrange.*

– Ah oui ?! s'écria Bobby, croyant, au ton perplexe de sa voix, qu'il s'agissait d'un compliment.

– *Comment ?* Que dites-vous, *mon petit* ?

Emily, tapie derrière Bobby, lui chuchota à l'oreille :

– Dis « *Merci, madame* ».

– *Merci, madame*, répéta Bobby sans comprendre un traître mot de la conversation.

– Maintenant tais-toi, siffla Emily. Ils vont finir par te trouver bizarre !

2. Les passages en italique sont en français dans le texte.

Il était grand temps de filer. Emily se dépêcha de se mêler à la foule. Ida suivit son dos des yeux, confuse.

– Emily ? Seigneur, Arthur, avez-vous vu ce groom ? Il ressemble trait pour trait à notre Emily !

Mais le mystérieux groom était à présent en sécurité à l'autre bout de la salle. Elmer se matérialisa subitement à ses côtés.

– Ça va comme tu veux, Emily ?

Il était déguisé en prince indien, avec un turban en équilibre précaire fixé par une grosse broche sertie d'une fausse émeraude, et un manteau en satin trop grand pour lui.

– Je suis censée être un groom, pas Emily, idiot ! répliqua-t-elle, agacée, en priant pour que personne n'ait entendu.

Il cramponna son turban qui avait une fâcheuse tendance à glisser.

– Je vois ça. Génial, ton costume ! On dirait carrément un vrai.

– *C'est* un vrai. Écoute, tu peux m'aider ? J'ai besoin de toi.

– Évidemment !

– Je veux que tu ailles parler à cette… chose… qui bavarde avec Ida.

Elle essaya de pointer l'index à travers la foule, mais tous ces adultes étaient affreusement grands. Elmer se hissa sur la pointe de ses chaussons verts brodés.

– Quoi ? La boîte à chapeau ?

– En réalité, c'est une coiffe, dit Emily. Elle a passé un sale quart d'heure et elle est un peu cabossée. Dessous, il y a Bobby, le groom, qui joue mon rôle.

– OK… marmonna Elmer, confus.

– Je veux que tu l'emmènes quelque part pour qu'Ida n'ait pas l'occasion de se rendre compte que ce n'est pas moi. Comme ça, de mon côté, je peux continuer à surveiller quelqu'un.

Elmer avait l'air un peu déçu de sa mission.

– C'est tout ? Tu vas démasquer le plaisantin ?

– Le plaisantin ne plaisante pas du tout. Il est au contraire mortellement sérieux. Il est question d'assassinat, Elmer !

Une voix de steward tonna :

– Hé, toi, le groom ! Que fais-tu à bavarder avec des passagers ! Je devrais te dénoncer ! Mes excuses, monsieur, dit-il à Elmer.

Elmer fit preuve d'un aplomb remarquable.

– Tout va bien, steward, dit-il d'une voix ferme. Je demandais à cette jeune… euh, à ce jeune homme à quelle heure était le dîner ce soir.

– Neuf heures, monsieur, l'informa le steward en jetant un regard sévère à Emily. Toi, va aider avec les plateaux.

Il lui fit signe de le suivre et, à son grand désespoir, elle n'eut d'autre choix que d'obéir. Quel désastre ! Elle devait absolument se libérer pour poursuivre sa mission de surveillance.

Mais finalement, elle s'aperçut que circuler avec un plateau chargé de verres pleins entre les bras avait ses avantages.

Au début, il était si lourd qu'elle faillit crouler sous son poids, mais après s'être délestée de quelques coupes sur une table, il fut beaucoup plus facile à manipuler. Alors elle put se faufiler entre les passagers qui s'amusaient, en prenant soin d'éviter les invités de M. Bamberger qui risquaient de la reconnaître. Elle continua néanmoins de les observer à distance.

Rassemblés en petits groupes, les voyageurs se servaient sur son plateau et remplaçaient les coupes pleines par leurs verres vides sans même la regarder, absorbés par des discussions animées, riant parfois sous leurs coiffes sophistiquées. Personne ne la remerciait.

Quelle grossièreté ! D'un autre côté, c'était une chance, car elle sentait quelques longues mèches de cheveux s'échapper de sous sa toque et s'enrouler sous son menton. N'ayant pas de main libre pour les replacer, elle continua de fendre la foule en espérant rester invisible.

Où était M. Bamberger ?

Tandis qu'elle le cherchait, il apparut sur la scène, accompagné du capitaine Boniface. Louie Leblank les suivait d'un pas guilleret, les yeux baissés sur les invités, avec aux lèvres un large sourire qui semblait s'adresser à tous et à chacun. Le capitaine était d'une beauté éblouissante avec son costume blanc immaculé et ses boutons en laiton ; M. Bamberger, dans son ensemble habituel composé d'une queue-de-pie et d'une cravate blanches, un peu plus serré maintenant qu'au début du voyage, considérait l'assistance avec sa bienveillance habituelle, même s'il semblait un peu embarrassé d'être au centre de l'attention.

Sous sa toque en fourrure, Louie Leblank dégoulinait de sueur. Cela ne l'empêcha pas de lever la main d'un geste assuré pour réclamer le silence. Il écarta la queue de castor, un peu humide maintenant, qui pendait devant sa bouche et déclara :

– Mesdames et messieurs, en tant que responsable des divertissements, j'ai le plaisir de vous présenter notre vaillant capitaine, qui nous a conduits sains et saufs de l'autre côté de l'océan en bravant les tempêtes et les périls de la mer.

Le capitaine Boniface s'inclina gracieusement. Louie Leblank montra ensuite M. Bamberger.

– Et, bien sûr, l'homme sans qui aucun de nous ne serait ici – car il n'y aurait tout simplement pas de bateau – M. Waldo Bamberger !

Les invités et les passagers de première classe se mirent à applaudir frénétiquement en se regroupant devant la scène. Emily, dont le plateau tanguait dangereusement, fut bousculée et entraînée à l'écart par les mouvements de la foule. Elle ne voyait plus rien.

Elle devait absolument trouver un moyen de se rapprocher.

– Excusez-moi, monsieur. Excusez-moi, madame, marmonna-t-elle.

Sur son passage, les femmes s'écartèrent, redoutant qu'elle renverse du champagne sur leurs belles tenues. Quant aux hommes, il suffisait qu'elle leur donne des petits coups dans les côtes avec son plateau.

Elle parvint ainsi à se faufiler jusqu'au premier rang, juste devant les marches qui montaient sur la scène. Radmilla et Muriel Pope avaient été rejointes par Puncheur Smith et Hiram Fink. Elle se planta à côté et posa son plateau sur la table avec soulagement.

Du coin de l'œil, elle voyait la reine Victoria et le prince indien debout, tout près l'un de l'autre. Elle remarqua qu'Elmer était presque aussi grand que sa mère quand il se tenait correctement. Il avait passé un bras protecteur autour de ses épaules et elle lui souriait. Il croisa le regard d'Emily et lui fit un clin d'œil.

Personne d'autre ne lui prêtait attention : tous les yeux étaient levés sur M. Bamberger, qui avait déjà bien entamé son discours. Puncheur Smith griffonnait furieusement dans son carnet ; Muriel Pope le regardait avec une attention soutenue sans perdre un seul mot de ce qu'il disait ; Radmilla, les sourcils froncés, se mordait la lèvre en attendant l'heure de sa représentation ; enfin, Hiram Fink gardait son expression impénétrable, comme toujours.

– … nous avons donc une raison supplémentaire de nous réjouir ce soir. Non seulement nous célébrons le voyage inaugural du *Princess May*, le premier d'une longue série, mais je suis ravi de vous annoncer que nous sommes en passe de remporter le Ruban bleu à notre arrivée à New York demain ! Sauf incident, nous allons battre le record de vitesse de la traversée transatlantique. Deux premières d'un coup, mesdames et messieurs ! Tout cela grâce à notre capitaine, bien sûr ! (Boniface secoua modestement la tête.) Ainsi qu'à son équipage qui travaille dur et à la conception fantastique du bateau qui n'a pas perdu de vitesse, même par mauvais temps. Levons donc nos verres au *Princess May* et à tous ceux qui naviguent à son bord ! Vous, mes chers passagers !

Il y eut des applaudissements nourris et des tintements de verres sonores à l'initiative des invités de M. Bamberger, qui se groupèrent au pied des marches pour saluer leur héros.

Muriel Pope se plaça devant, soucieuse de se faire bien voir comme d'habitude.

– Oh, mais vous n'avez rien à boire, cher monsieur Bamberger ! Laissez-moi aller vous chercher une boisson !

– C'est très aimable, madame Pope, dit-il en souriant. Oui, j'ai bien envie de trinquer moi aussi !

Emily prit un verre plein sur son plateau et le tendit à Mme Pope.

– Tu ne vois pas que celui-ci est taché, mon garçon ? murmura Mme Pope. Retire-le du plateau et fais-le nettoyer. Je vais en prendre un autre !

Emily examina le verre, mais elle savait déjà qu'il était parfaitement propre. De même que Mme Pope.

Personne ne vit cette dernière se pencher au-dessus du plateau. Personne, à part Emily. Tout le monde félicitait chaleureusement M. Bamberger. Quelqu'un se lança même dans une interprétation exaltée de « For he's a jolly good fellow ! ».

Emily s'éloigna de quelques pas avec le verre incriminé. Muriel Pope sortit un petit paquet en papier blanc de son sac et versa le contenu dans le champagne. Personne, en dehors d'Emily, ne la vit remuer le liquide doré avec une aiguille à repriser afin de diluer les comprimés de somnifères écrasés.

Muriel Pope s'avança vers M. Bamberger avec un sourire timide sur les lèvres.

– Tenez. Vous l'avez bien mérité, monsieur Bamberger. Vraiment, vous l'avez *bien mérité*, insista-t-elle.

– Merci, madame Pope, dit-il, un peu surpris par une telle ferveur de la part de cette femme d'ordinaire réservée, et il accepta le verre avec gratitude.

– C'est bien vrai, acquiesça Louie Leblank, debout sur les marches derrière lui. Je ne dirais pas non à un verre moi-même, ajouta-t-il en lorgnant sur le plateau, non que j'aie autant de mérite que vous, bien sûr.

M. Bamberger leva sa coupe à toutes les personnes présentes. Puis il la porta à ses lèvres.

Chapitre 25

– Non ! hurla Emily.

Elle s'élança, passa comme un boulet de canon entre Puncheur Smith et Hiram Fink, et arracha la coupe des mains de M. Bamberger.

Elle tomba au sol et se brisa en mille morceaux. Il y avait des bouts de verre partout. Le champagne renversé forma une flaque poisseuse près des marches. La toque de Bobby, qu'Emily avait perdue en courant, roulait à côté.

Un silence choqué remplaçait maintenant l'ambiance festive. Les adultes retenaient leur souffle, stupéfiés par une telle insolence.

– Emily ! s'exclama M. Bamberger, éberlué.

– Emily ! s'écria Ida. (Elle se tourna et tapota sur la boîte à chapeau.) Qui que vous soyez, sortez de là-dedans !

– Emily ! siffla Muriel Pope, un éclair de folie meurtrière dans le regard.

Elle se jeta sur la jeune fille, sa longue aiguille à repriser pointée sur elle, mais Puncheur Smith l'intercepta et lui saisit le bras. L'aiguille finit sa course dans la flaque de champagne.

Emily était légèrement essoufflée, mais elle articula avec force :

– Oh non, madame Pope, ce n'est pas moi que vous voulez tuer, n'est-ce pas ? C'est M. Bamberger. Mais cela ne vous ramènera pas votre fils noyé. Vous ne voulez pas être pendue pour meurtre, tout de même, madame Pope ?

Muriel Pope étouffa un cri, les traits déformés par la démence. Autour d'elle, tout le monde restait pétrifié, raide d'horreur.

– Vous ne vouliez pas vraiment tuer M. Bamberger, d'ailleurs, si ? continua Emily, d'une voix si douce et calme que seules les personnes les plus proches pouvaient l'entendre. Si votre plan initial avait fonctionné, si la succession d'incidents que vous avez mise en place pour terrifier et même mettre en danger les autres invités avait donné le résultat escompté – alors la réputation de M. Bamberger aurait été détruite et personne n'aurait plus jamais voulu naviguer à bord de son nouveau bateau. C'était ce que vous vouliez, n'est-ce pas ? Malheureusement, ce plan-là a échoué.

Mme Pope hocha la tête. Des larmes se mirent à ruisseler sur son visage. Elle les essuya d'un geste rageur et cria :

– Alors j'ai décidé qu'il méritait de mourir !

– Pourtant M. Bamberger n'est pas responsable de la mort de votre fils. Personne n'est responsable. Vous le savez au fond de votre cœur. C'était un tragique accident, voilà tout.

– *Voilà tout ?* Que sais-tu, toi, une enfant, de la perte d'un fils ? Il était tout pour moi – tout ! Il était ma vie !

Muriel Pope se libéra des poings de Puncheur Smith en poussant un gémissement déchirant et elle s'écroula au sol, secouée par d'amers sanglots.

Quand les responsables de la sécurité arrivèrent, elle se débattit en hurlant des paroles incohérentes. Dans la lutte, elle perdit sa perruque striée de gris. Apparut alors une femme encore jeune ; elle ne pouvait pas avoir plus de quarante ans. Mais la rage exprimée par son regard était ancestrale : c'était la soif de vengeance d'une mère à qui on avait volé son fils.

Ida se précipita sur Emily et la serra fort dans ses bras. Arthur vint les enlacer toutes les deux, si bien qu'ils formèrent tous les trois un petit cocon chaleureux et réconfortant.

Emily en avait grand besoin. Elle se sentait creuse à l'intérieur, vidée émotionnellement. Sans le soutien de sa cousine et d'Arthur, elle n'aurait pas supporté le spectacle de la détresse de Mme Pope, que celle-ci fût une meurtrière en puissance ou pas.

Bobby arracha violemment la boîte à chapeau et, libéré de sa prison de carton, il se tourna vers Emily avec soulagement.

– Hé, camarade ! Je ne voyais rien là-dessous ! Tu as sauvé M. Bamberger et démasqué l'assassin ?

Emily n'eut pas besoin de répondre : M. Bamberger était là, juste à côté, bien vivant et entouré des soins empressés de ses invités. Bobby écarquilla les yeux.

– Mais oui, tu as réussi ! Ben ça !

– Linotte ! Qu'est-ce que c'est que cet accoutrement ? s'écria un steward surgi de nulle part. Peu importe – nettoie ce bazar tout de suite ! ordonna-t-il en désignant la flaque de boisson qui collait au plancher au pied de la scène.

– Ce sont des preuves ! protesta Emily, mais on ne l'entendit pas et Bobby fila dans un tourbillon de foulards.

Ensuite Emily fut félicitée par tous ceux qu'elle avait pris pour de possibles suspects.

Hiram Fink lui serra la main, la mine inquiète, comme s'il comprenait la confusion de ses sentiments. Puncheur Smith hochait la tête en souriant ; il semblait la trouver enfin digne d'être considérée en égale. Les yeux soulignés de khôl de Dolly et de Vera n'en finissaient pas de s'arrondir. Quant à Mme Cartmell, elle fut courtoise mais sincère.

– Ouah, saperlipopette ! s'enflamma Elmer. Beau boulot, détective ! J'ai aidé un peu quand même, pas vrai ?

– Oh oui ! dit Emily. Tu m'as fourni le premier indice, mais je ne m'en suis pas rendu compte sur le moment.

– Ah, ça, c'est mon fils ! clama fièrement Mme Cartmell.

Les personnes placées au fond de la salle, loin de la scène, n'avaient pas assisté à la tentative de meurtre contre M. Bamberger. Vaguement conscients qu'il s'était produit quelque chose d'exceptionnel, ils s'approchaient avec curiosité.

M. Bamberger, livide, avait perdu sa jovialité naturelle – ce qui n'était guère surprenant pour quelqu'un qui venait de réchapper à la mort. Il revint donc au capitaine et à Louie Leblank de s'assurer que les divertissements de la soirée se déroulent comme prévu.

Le capitaine Boniface était perplexe et muet. Même sa veste blanche empesée avait moins fière allure. Jamais au cours de sa brillante carrière il n'avait encore rencontré de meurtrier parmi ses passagers.

Alors Louie Leblank se chargea seul de l'animation.

Il prit un verre de champagne sur la table, en examina le contenu avec attention, puis le vida d'un trait. Quand il remonta sur la scène, ses jambes avaient trouvé un nouvel élan. Son grand moment était arrivé.

Il releva pour la énième fois la queue de castor imbibée de transpiration et arbora son plus beau sourire.

– Mesdames et messieurs, j'espère que personne n'a été trop perturbé par ce léger incident. Rassurez-vous, tout va bien. Une des invitées de M. Bamberger – la pauvre femme – a été prise d'un brusque malaise et doit être placée à l'isolement. Ne vous inquiétez pas, on s'occupe d'elle…

Les passagers échangèrent des coups d'œil anxieux.

– À l'isolement ? Est-ce contagieux ? Quel genre de malaise ?

Louie Leblank se racla la gorge.

– Je vous garantis que cette crim… cette femme souffre d'un mal qui n'est ni contagieux ni infectieux.

» Je vous propose de poursuivre avec le clou de la soirée. Il s'agit bien sûr de la prestation de la célèbre danseuse étoile, Mlle Radmilla Oblomov, que nous sommes si honorés de compter parmi les invités spéciaux de M. Bamberger. Elle va nous danser *La Mort du cygne*. M. Arthur Harker, le pianiste du bateau que nous apprécions tous, l'accompagnera sur la sublime musique de Saint-Saëns, s'empressa-t-il de préciser en croisant le regard noir d'Ida.

» Alors, mesdames et messieurs, si vous voulez bien attendre cinq minutes, nos fantastiques stewards vont avancer des chaises pour votre confort et préparer la salle.

Radmilla s'était glissée dans une des deux loges situées derrière la scène. Arthur alla dans l'autre pour enfiler sa tenue de soirée, car il eût paru un peu incongru que le roi Neptune joue du piano pour un cygne mourant. Ida et Emily s'assirent côte à côte et patientèrent.

M. Bamberger s'installa près d'Emily. Il enveloppa sa petite main fraîche dans sa grande paume chaude.

– Ma très chère Emily. Comment pourrais-je assez te remercier ? Tu m'as sauvé la vie. Et je ne t'ai pas prise au sérieux malgré tous tes avertissements – ce dont je suis effroyablement navré.

Emily n'en demandait pas plus. Elle but son verre de limonade et se sentit beaucoup mieux.

Les lumières baissèrent, Arthur joua les mesures d'introduction de *La Mort du cygne* et Radmilla fit son apparition dans son tutu de plumes blanches scintillant. Elle fit le tour de la scène comme dans un rêve. Puis elle se mit à danser.

Le visage expressif, le regard tragique, elle bougeait de manière exquise, avec une grande précision, jusque dans les plus infimes mouvements de ses orteils. Ses bras étaient si souples qu'elle donnait l'impression de déployer ses ailes vers l'horizon lointain de la mort et de vouloir s'envoler. Pris par l'émotion, le public oublia complètement la passagère prise d'un malaise. Les spectateurs savaient qu'ils étaient en présence d'une grande danseuse.

Quand ce fut terminé, Radmilla fut applaudie avec ferveur, si bien qu'elle dut mourir plusieurs fois (car c'était un solo très court) avant que tout le monde soit satisfait.

Quand, enfin, les autres passagers furent partis dîner, les invités spéciaux de M. Bamberger s'attardèrent autour de la chaise d'Emily. L'excitation était à son comble. Ayant tout vu, ils brûlaient de lui poser des questions avant de gagner la salle à manger.

M. Bamberger se tourna vers elle :

– Emily, souhaites-tu nous expliquer comment tu as compris que Mme Pope était derrière les incidents survenus à bord du *Princess May* ?

Elle acquiesça d'un signe de tête.

– Ce n'est pas le fruit du hasard, admit-elle. J'ai mené une enquête et je n'ai été certaine de la conclusion qu'après avoir parlé à Puncheur Smith tout à l'heure !

– Asseyez-vous tous, dit Louie Leblank, qui n'avait pas quitté son rôle de maître de cérémonie. Nous irons à la salle à manger plus tard.

Son devoir accompli, il ôta son chapeau de fourrure avec soulagement et le posa sur une chaise où il resta avachi comme un gros chat assoupi.

Bobby se joignit au groupe. Il portait toujours la partie basse du costume de créature marine exotique, mais il avait remis sa toque de groom. Cette soirée était si extraordinaire que personne ne songea à critiquer sa présence au milieu des invités, même pas les stewards.

Emily se mit debout. Cela lui donnait confiance : assise, elle se sentait minuscule.

Tout le monde se tut et attendit, car il y avait quelque chose, dans cette petite silhouette dressée, seule sous la lumière des lustres, qui retenait leur attention.

Elle prit une grande inspiration et commença.

Chapitre 26

– Au début, je ne soupçonnais pas Mme Pope, dit Emily. Elle était la première victime, avec son gilet de sauvetage qui suintait le mazout. Comme il était contenu dans un petit flacon de théâtre, j'ai pensé que Radmilla pouvait être derrière tout ça.

» Mais ensuite, continua-t-elle en évitant les yeux noirs et brillants de la danseuse, Radmilla elle-même fut victime d'une mauvaise farce, le lendemain matin, quand sa chaise longue a été sabotée à la scie.

– Ah oui, j'ai failli me casser le dos ! dit Radmilla en balayant l'assistance d'un regard furieux, au cas où quelqu'un oserait la contredire.

Personne ne s'y risqua.

– Il y avait autour de nous d'autres personnes qui travaillaient dans le milieu du spectacle et qui auraient pu avoir accès à des accessoires de théâtre. Pendant un moment, j'ai soupçonné Mlles Devine et Vane.

Elle évita avec tact de mentionner Louie Leblank.

– Et puis les incidents se sont multipliés. Au cours de la première nuit, Mme Pope a prétendu avoir entendu une personne chaussée de bottes de marin faire les cent pas dehors. Elle a dit qu'elle pensait qu'il s'agissait du fantôme du garçon noyé. Ma cousine Ida avait également vu une silhouette spectrale en salopette jaune de travailleur ce soir-là, et moi aussi. Des rumeurs ont commencé à circuler, ainsi que Mme Pope l'espérait.

» On a retrouvé du mazout renversé devant la cabine de Mme Cartmell, le même que celui qui coulait du gilet de sauvetage de Mme Pope – je le sais parce que j'ai prélevé des échantillons.

» Plusieurs d'entre nous ont de nouveau croisé le spectre en salopette jaune, dont Mlle Devine, ce qui l'excluait de la liste des suspects.

– Merci bien, trop aimable, Emily, dit Dolly avec mauvaise humeur, mais tout le monde la fit taire.

– Par la suite, des pages ont été arrachées du carnet de M. Smith. Elles contenaient un compte rendu des conversations du premier dîner, précisément le repas où le garçon noyé avait été évoqué.

» Quelqu'un a tenté de pousser Mme Cartmell par-dessus bord. Peu après, une silhouette en salopette jaune l'a enfermée dans le cagibi. Pour finir, Mme Pope a affirmé avoir vu un albatros, un oiseau de mauvais augure, contribuant à effrayer encore un peu plus les autres passagers, d'autant que nous essuyions à ce moment-là un gros orage.

Emily fit une brève pause pour reprendre son souffle et elle en profita pour regarder les visages attentifs autour d'elle.

– Nous ne nous souvenons que trop bien de cette triste série de faits, dit Hiram Fink. Mais comment as-tu découvert qui se cachait derrière, Emily ?

– M. Bamberger pensait qu'il s'agissait d'un petit farceur, reprit Emily.

À ces mots, M. Bamberger secoua la tête d'un air contrit.

– Il était rarement présent quand ces événements se produisaient ; il n'avait pas mesuré à quel point ces incidents étaient sérieux et susceptibles de lui causer du tort si on les ébruitait. La réputation du *Princess May* était en jeu. Après tout, un journaliste renommé voyageait parmi nous et les victimes étaient toujours des personnalités assez connues pour que leurs mésaventures aient un impact sur le public.

» Il m'a fallu longtemps pour percer le mystère. Certains de nous… avaient même des mobiles.

Un murmure de protestation circula dans les rangs, étouffé par un geste d'Hiram Fink.

– J'ai soupçonné M. Fink lui-même à un moment, reconnut Emily, ce qui déclencha quelques rires.

Elle attendit quelques instants et, sitôt le silence revenu, elle poursuivit son récit.

– Je n'arrivais pas non plus à déterminer si M. Smith était du côté de M. Bamberger ou non. Il semblait prendre un malin plaisir à écrire sur tout ce qui allait de travers.

– Je suis journaliste, Emily, se défendit Puncheur Smith, visé par plusieurs regards accusateurs. Mon unique objectif est de rapporter la vérité.

– Mais vous aviez besoin d'une histoire vendeuse, n'est-ce pas ?

Il s'agita, mal à l'aise.

– Il m'a semblé que ces étranges plaisanteries devenaient de plus en plus graves et que la vie de quelqu'un pourrait être menacée. J'ai décidé de tout noter au cas où il faudrait produire des preuves. Mais je ne publierai rien de tout cela, Waldo. Au nom du bon vieux temps, hein ? Mon compte rendu ne parlera que du luxe à bord et de la croisière elle-même. Ce qui veut dire, jeune fille, ajouta-t-il à l'intention d'Emily, que ton nom n'apparaîtra pas dans les journaux. Dommage, ça aurait fait une belle histoire, hein ?

Elle l'ignora et continua d'un ton assuré.

– Plusieurs indices pointaient dans la direction de Mme Pope, mais je ne l'ai pas compris tout de suite. Elle avait, bien sûr, mis elle-même la fiole de mazout à l'intérieur de son propre gilet de sauvetage, en enlevant le bouchon. Elle a inventé les bruits du fantôme devant sa chambre pour terroriser tout le monde, en prétendant que Mme Cartmell, dans la cabine voisine, n'entendait pas parce qu'elle avait le sommeil profond. Ce qui lui fournissait en plus un excellent prétexte pour obtenir des somnifères du médecin de bord, qu'elle comptait ensuite utiliser pour tuer M. Bamberger, en dernier recours.

» Et puis elle a parlé de ce fameux albatros. Or on ne voit pas d'albatros dans cet océan. (Elmer confirma d'un hochement de tête vigoureux.) Encore un mensonge.

» Son déguisement était excellent et elle avait travaillé comme actrice professionnelle par le passé. Elle s'est montrée convaincante dans son rôle de vieille dame distinguée et mal vêtue, soucieuse de plaire à tout le monde, surtout à son employeur, Mme Cartmell.

» Nous croyions tous qu'elle était âgée en raison de son comportement, bien sûr, mais aussi parce que ses cheveux grisonnaient et qu'elle était voûtée – en réalité, c'est une jeune femme grande et robuste. Je l'ai remarqué à ses mains quand elle tricotait.

» C'est Elmer qui a découvert le premier indice : la précieuse mèche de cheveux qui avait appartenu à son fils. Je n'ai pas voulu y prêter attention au début, mais c'est lui qui avait raison.

Elmer tenta d'adopter une attitude modeste.

– J'aurais dû l'écouter, admit Emily. Les gens gardent parfois des mèches de cheveux qui ont une signification particulière pour eux. Par exemple, ma tante a donné autrefois un médaillon à sa fille Ida avec une boucle de ses propres cheveux dedans.

Des larmes brillèrent soudain dans les yeux de sa cousine.

– Mme Pope portait toujours sur elle un grand sac matelassé idéal pour cacher n'importe quoi, d'une scie à un tablier jaune – sans doute une tenue de rechange de son fils – en passant par les tricots et raccommodages. Elle m'a dit qu'elle était montée tôt sur le pont parce qu'elle avait passé une mauvaise nuit. Je suppose qu'en fait, elle savait qu'elle y serait seule et qu'elle pourrait saboter la chaise longue de Radmilla sans être dérangée.

» Elle a tenté par deux fois d'effrayer délibérément sa patronne. Elle était chargée de prendre soin des vêtements et accessoires de Mme Cartmell, donc il était facile pour elle de décrocher un peu la voilette sur le chapeau que Mme Cartmell portait l'après-midi où on l'a poussée sur le pont. C'est aussi elle qui l'a enfermée dans le cagibi. En tant que dame de compagnie, elle la suivait partout et ne pouvait pas ignorer certains détails sur les habitudes de son employeur.

Emily jeta un regard lourd de sous-entendus à Cornelia Cartmell, qui pinça les lèvres. Mme Pope n'avait pas pu manquer de s'apercevoir que Mme Cartmell évitait les ascenseurs parce qu'elle craignait les espaces clos et oppressants.

– Ce soir, Muriel Pope a caché dans son sac des somnifères écrasés. Elle s'est débarrassée du mazout en jetant le bidon par-dessus bord ; je l'ai vue faire, mais je n'ai pas compris de quoi il s'agissait sur le moment.

» Elle m'a emprisonnée dans le cagibi tout à l'heure pour m'empêcher d'intervenir. Elle avait prévu de mettre les comprimés dans le verre de M. Bamberger pendant la fête. Elle savait qu'il serait présent. C'était sa dernière chance. Le temps qu'on me retrouve, M. Bamberger aurait succombé à son empoisonnement.

– Oh, Emily ! cria Ida.

– Heureusement, Bobby Linotte m'a fait sortir. Et il m'a gentiment prêté son uniforme pour qu'on ne me reconnaisse pas.

– Oh, Bobby !

Reconnaissante, Ida l'embrassa sur la joue. Bobby rougit de plaisir et se tassa sur sa chaise, soulagé qu'Emily ne l'ait pas trahi au sujet des cigarettes.

– Comment Mme Pope se doutait-elle que tu la soupçonnais ? s'enquit Hiram Fink.

– Elle a dû m'entendre demander à M. Smith le nom du garçon noyé. C'est amusant : même au milieu du brouhaha, on entend toujours son nom de famille. Elle passait avec Mme Cartmell à ce moment-là. Et puis… elle a découvert que je faisais… disons, des recherches à son sujet.

– Emily, tu t'es exposée à un terrible danger ! s'exclama M. Bamberger. Tu aurais pu te faire tuer toi-même !

– Non, Mme Pope était motivée par la vengeance. Je n'étais pas sa cible. Ce n'est pas une tueuse d'enfants.

– Quelle femme épouvantable ! s'écria Mme Cartmell. Quand je pense que j'ai recruté une criminelle et que j'ai dormi dans la chambre voisine !

Elle frémit.

– Elle aimait son fils, dit Emily. Il était tout ce qui lui restait après le départ de son mari. Quand il s'est noyé, elle s'est retrouvée seule pour affronter cette tragédie. Je crois que ça l'a rendue folle.

Chapitre 27

Plus tard ce soir-là, après le dîner, la plupart des invités de M. Bamberger partirent danser ou décidèrent de se retirer dans leurs cabines en prévision d'un réveil matinal. Tôt le lendemain, New York se profilerait à l'horizon et on pourrait admirer la ville depuis le pont.

Emily, attablée avec M. Bamberger, Ida, Arthur et Hiram Fink, profitait du calme de la salle à manger de première classe. Les stewards se faisaient discrets. Bobby Linotte traînait encore dans le coin. Il avait repris son uniforme de groom et, de temps en temps, il souriait à Emily en passant.

Celle-ci avait dû se changer à contrecœur pour le dîner. Elle se consola en se disant qu'une fois devenue anthropologue, elle porterait des pantalons aussi souvent qu'elle le voudrait ! Ce serait bien pratique pour traverser des déserts de sable ou avancer à coups de machette dans la jungle afin d'étudier des tribus inconnues.

– Je crains que tu ne sois perdue pour la finance, soupira Hiram Fink. Je n'étais pas conscient que tes talents d'enquêtrice étaient aussi exceptionnels.

Cornelia Cartmell, accompagnée d'Elmer, fut parmi les derniers invités à partir. Elle s'était montrée inhabituellement silencieuse et morose, comme en proie à un débat intérieur. Au moment de s'en aller, elle s'approcha d'Emily et lui tendit la main. Emily en resta médusée.

– Mademoiselle Evans, j'espère que votre cousine, son fiancé et vous-même accepterez de dîner avec moi à l'hôtel pendant votre séjour à Manhattan.

Emily apprécia à sa juste valeur ce geste de remerciement. Près d'elle, Ida était bouche bée.

– Je sais qu'Elmer serait ravi de vous revoir, ajouta Mme Cartmell, comme si l'idée venait de son fils et qu'elle n'avait rien à voir avec cette généreuse invitation.

Elmer hésita, puis il déposa une bise sur la joue d'Emily, pendant que sa mère les couvait d'un regard bienveillant.

– Peut-être qu'on trouvera un mystère à résoudre à Manhattan ! chuchota-t-il.

Tandis qu'elle les suivait des yeux à travers la salle à manger, Emily se demanda ce qu'elle ressentirait avec une mère à ses côtés. L'amour maternel était un sentiment puissant, mais il conduisait parfois à la folie comme dans le cas de Mme Pope. La relation entre Mme Cartmell et Elmer semblait au contraire engagée sur de bons rails.

– J'ai accepté qu'Hiram devienne un membre du conseil d'administration de la compagnie Shining Seas, révéla M. Bamberger, ce qui signifie qu'il en sera en partie propriétaire. Qu'en penses-tu, Emily ?

– J'en suis ravie – il est très fort avec l'argent !

Hiram Fink sourit dans sa tasse de café.

M. Bamberger appuya son dos contre sa chaise et but une gorgée. Ses yeux croisèrent ceux d'Emily par-dessus le rebord de la tasse.

– J'ai été très impressionné de t'entendre parler de tes « recherches » – je parle de tes investigations sur Muriel Pope. S'agit-il des mêmes méthodes que celles que tu as utilisées pour enquêter sur ce pauvre M. Fink et peut-être d'autres de mes invités ?

– Oui, raconte-nous comment tu as trouvé des preuves, petite rusée, renchérit Arthur. Le nom de scène de Mme Pope et le reste ?

Emily se mordit la lèvre. Elle allait devoir avouer qu'elle avait fouillé les cabines de plusieurs passagers.

– J'imagine que tu as profité de l'aide du jeune M. Linotte, continua M. Bamberger. Ton enquête n'aurait sans doute pas beaucoup progressé sans son assistance. Quelle chance qu'il ait eu la *clé* de tout ce mystère !

Elle s'empressa de le défendre :

– Ce n'était pas sa faute ! Je l'ai obligé !

– Obligé à faire quoi ? demanda Arthur.

Ida fit le rapprochement et porta une main à sa bouche.

– Oh, Emily !

Ses yeux riaient par-dessus la pointe de ses doigts.

Emily constata, soulagée, que M. Bamberger et M. Fink souriaient aussi.

– Peut-être vaut-il mieux garder le silence sur tes méthodes d'investigation, Emily. Après tout, tu viens juste de me sauver la vie ! plaisanta M. Bamberger.

– Moi, je veux savoir, insista Arthur, contrarié. J'étais le partenaire d'Emily quand elle a résolu le mystère de la réapparition d'Ida, vous savez. Nous avons bravé le danger ensemble, pas vrai, Emily ?

– Oui, tu as été un partenaire épatant, Arthur ! En fait, j'ai trouvé par accident un vieux programme de théâtre coincé dans une bible qu'on avait offerte au fils de Mme Pope pour sa confirmation – elle m'est tombée dessus quand le navire a fait une embardée. Il était vieux, mais Mme Pope l'avait gardé comme s'il avait une valeur sentimentale. Peut-être était-ce la dernière fois qu'elle était montée sur scène ? En tout cas, il constituait ma principale pièce à conviction.

» Il y avait le nom de Mme Pope dessus, tu vois. Seulement à l'époque, elle ne s'appelait pas Mme Pope, mais Mlle Mason. Elle avait eu un bébé, Wilfred, sans être mariée. Elle a épousé M. Pope plus tard. Elle m'a expliqué qu'il l'avait abandonnée par la suite. Je crois que c'est la vérité.

– Pauvre Mme Pope, soupira Ida. Alors elle a perdu un mari et un fils.

– Cela arrive à d'autres, dit Arthur. Ils ne deviennent pas tous fous.

– Elle ne va pas être pendue ou aller en prison, si ? s'inquiéta Emily.

M. Bamberger secoua la tête.

– Nous allons traiter cette affaire avec la plus grande discrétion. Personne ne sait exactement ce qu'il y avait dans ce verre à part toi, Emily. Son état mental sera évalué par un médecin et elle recevra une aide appropriée. Je suppose que l'examen conclura qu'elle est perturbée et qu'elle n'est pas responsable de ses actes.

Le capitaine les rejoignit. Les stewards se levèrent comme un seul homme lorsqu'il entra. Il s'approcha de leur table et murmura quelque chose à l'oreille de M. Bamberger. Le visage de ce dernier se décomposa, mais il ne tarda pas à se ressaisir. Le capitaine reparti, il déclara :

– Le réveil sera difficile demain matin. Ce pauvre capitaine Boniface va veiller toute la nuit pour nous acheminer à bon port à cause du temps.

Emily fut étonnée. Le navire lui semblait tout à fait stable. Quelle responsabilité écrasante endossait le capitaine d'un bateau – surtout quand l'un des passagers se révélait être un assassin ! Il y avait tant de vies à protéger à bord.

Le capitaine s'arrêta avant de franchir le seuil, comme s'il avait oublié quelque chose. Puis il se retourna d'un mouvement vif et fit claquer ses talons en adressant un salut militaire… non à M. Bamberger, mais à Emily.

Emily se demanda si elle le méritait vraiment. Elle était assise dans son lit et contemplait les multiples ratures et points d'interrogation dans son carnet.

Il lui avait fallu une éternité pour résoudre cette enquête et elle avait soupçonné toutes les mauvaises personnes, y compris M. Fink, qui était finalement un homme très sympathique. Plus que ses qualités de déduction, elle avait réussi grâce à une bonne dose de curiosité, une pointe d'intuition et beaucoup de chance. Rien de tout cela ne semblait digne d'une anthropologue en herbe.

Mais peut-être en fallait-il à tous les scientifiques – de la curiosité, de l'intuition et de la chance ? Un jour, elle le découvrirait. En attendant, elle avait quand même résolu l'équation à temps pour sauver M. Bamberger et son bateau.

– Tu ne veux pas éteindre ta lampe, Emily ? se plaignit Ida en bâillant à s'en décrocher la mâchoire. Nous devons nous lever à cinq heures si nous voulons dire bonjour à la statue de la Liberté en passant !

Emily fut réveillée par des voix et des bruits de pas devant la porte de leur cabine. Elle avait le sentiment qu'elle venait juste de s'endormir. Le bateau fendait toujours les flots avec aisance – il semblait même à peine bouger.

– Réveille-toi, Ida ! Il est déjà cinq heures. Nous sommes arrivés !

Elle se trompait. En se levant, elle sentit une légère vibration sous ses orteils : les moteurs tournaient toujours, mais plus lentement. Ce qui signifiait qu'ils n'étaient plus très loin de leur destination et que le capitaine manœuvrait avec beaucoup de précaution à l'approche du port.

Quand elle écarta le rideau, elle eut l'impression qu'on avait superposé un second panneau de verre à la vitre : si épais et opaque qu'on ne distinguait rien au travers. Ida frotta ses yeux encore ensommeillés derrière elle et dit :

– Oh non, du brouillard ! Nous n'allons rien voir du tout.

– Nous devrions monter sur le pont, au cas où, suggéra Emily.

Elle enfila des vêtements chauds et laça ses chaussures de pont. Elle était sûre qu'une fois qu'elles seraient à l'extérieur, le brouillard se lèverait pour leur permettre d'admirer les gratte-ciel et les tours du centre de Manhattan.

Bobby rôdait autour de leur cabine en se balançant d'un patin sur l'autre.

– Je voulais juste vous dire à la prochaine, dit-il timidement.

Ida le serra si fort qu'il faillit tomber.

– Ne t'attends pas à un pourboire de ma part, Bobby Linotte ! Tu as entraîné ma petite cousine dans tes bêtises !

– C'est plutôt le contraire ! protesta-t-il en faisant semblant d'être vexé. Elle n'aurait pas pu s'en sortir sans moi, en plus. (Il sourit à Emily.) On se voit à ton retour, camarade ! Espérons qu'il n'y aura plus de meurtrier à bord, hein ?

– Et tu me feras essayer tes patins ? demanda Emily. Tu as promis ! J'ai été trop occupée cette fois.

– Croix de bois, croix de fer !

Il exécuta un demi-tour parfait avant de s'éloigner sur ses roulettes.

Dehors, le brouillard était malheureusement tout aussi dense et donnait au paysage une couleur un peu sinistre.

Des passagers glacés et déçus sondaient obstinément la purée de pois grise en essayant de deviner le contour des rives. Dès qu'une faible lueur apparaissait, ils se précipitaient dans sa direction, seulement pour la voir disparaître à toute vitesse, telle une étoile mourante.

Emily repéra la silhouette corpulente et solitaire de M. Bamberger qui se découpait sur le brouillard, bien enveloppée dans son manteau sombre. Il était temps de se dire au revoir. Elle ne put s'empêcher d'éprouver un pincement au cœur à l'idée qu'ils ne partageraient plus de goûters ni de conversations ensemble. Même si Arthur jouerait de nouveau du piano pendant la traversée de retour, M. Bamberger, lui, resterait provisoirement dans les bureaux de la compagnie maritime à New York.

– Grâce au capitaine Boniface, nous avons traversé la nuit dernière sans encombre, dit-il quand elle se présenta devant lui. Il faut se méfier de ces brouillards. Un capitaine préfère encore affronter des tempêtes qu'aborder un port dans le brouillard.

– Alors le *Princess May* ne remportera pas le Ruban bleu ? Nous sommes trop lents ?

– Eh non. Je l'ai su hier soir quand le capitaine est venu me parler au dîner. La sécurité doit passer avant la vitesse, hein ? Mais bah ! Ce n'est qu'un prix honorifique pour le moment. Il n'y a pas de trophée.

– Oh, fit Emily.

Alors peut-être n'était-ce pas si grave. Elle avait imaginé une statuette dorée de capitaine avec un ruban bleu autour du cou, posée à une place de choix dans les bureaux de M. Bamberger.

– De toute façon, les occasions ne manqueront pas.

En revanche, il n'y aurait sans doute pas pour eux de nouvelle occasion de se revoir, pensa tristement Emily.

Elle attendit tandis qu'Ida et Arthur le remerciaient à leur tour. Quand ils furent partis, elle resta muette. Elle ne savait plus quoi dire. M. Bamberger lui fit poliment la conversation parce qu'il n'avait pas envie de dire au revoir, lui non plus. Alors elle trouva le courage de se lancer.

Elle lui tendit la main.

– Au revoir, monsieur Bamberger, et merci pour ces merveilleux moments.

Il prit sa main froide et la serra entre ses gants.

– J'espère que ce n'est pas un adieu, Emily. D'ailleurs, je me demandais si je pourrais t'emmener prendre le thé chez Fortnum à mon retour ? Je me sens un peu seul quand je suis à Londres. Je demanderai la permission à ta tante, bien entendu. Serais-tu tentée ?

– Évidemment ! Ce serait épatant, monsieur Bamberger !

Il lui vint une idée. Tante Dorothea se sentait parfois seule elle aussi.

– Pourrais-je venir avec ma tante, si ça ne vous ennuie pas ?

– Merveilleuse idée, ma chère.

Emily rejoignit Ida et Arthur d'un pas bondissant. Ida lui donna un petit coup de coude.

– J'ai tout entendu ! Emily, tu joues les entremetteuses ?

– Non, pourquoi ? répondit-elle innocemment.

Mais bien sûr, ce serait formidable si deux personnes qu'elle aimait tant tombaient amoureuses l'une de l'autre – comme Ida et Arthur.

Ils se tenaient tous les trois au bord du bastingage, pelotonnés les uns contre les autres pour se tenir chaud, Emily prise en sandwich entre eux.

Le bois était mouillé sous ses mains. L'humidité lui alourdissait les cheveux et elle sentait des gouttes couler du rebord de son chapeau sur son visage et ses vêtements. Ce n'était plus le goût du sel qu'elle avait sur les lèvres, mais le goût de la pluie – une pluie continentale. L'univers à part de la croisière, un univers de mer et d'embruns, était derrière eux désormais, perdu dans le brouillard. Bientôt ils atteindraient un rivage inconnu et pénétreraient dans un nouveau monde, radicalement différent.

L'excitation la gagnait peu à peu. Quelles opportunités fascinantes lui réservait l'Amérique ?

Elle ne distinguait aucun des monuments célèbres de Manhattan – mais elle savait qu'ils étaient là, cachés, telle une promesse, quelque part dans la brume, dérobés à sa vue tout comme la prochaine aventure qui l'attendait.

Mot de l'auteur

Je réfléchissais à inclure une ballerine parmi les invités de M. Bamberger dans *Danger à l'horizon*, quand j'ai découvert que, plus tôt au cours de ce même été 1909 où le *Princess May* prend la mer dans mon histoire, le grand imprésario Serge de Diaghilev avait emmené sa compagnie, les Ballets russes, à Paris dans le cadre de leur première tournée. Elle rencontra un succès énorme et les Ballets russes devinrent la compagnie de ballet la plus créative et influente du XXe siècle.

Ainsi j'ai pensé que mon personnage de fiction, Radmilla Oblomov, pourrait appartenir à cette compagnie. Mais pour quelle raison une danseuse étoile russe traverserait-elle l'Atlantique ?

J'ai ensuite découvert que Diaghilev avait l'ambition d'organiser une tournée américaine – ce qu'il finit par faire en 1916. Cependant, il ne fut jamais en mesure d'accompagner les artistes à cause de sa phobie de l'eau : il était terrifié à l'idée de mourir noyé. Et voilà pourquoi Radmilla navigue à bord du *Princess May* ! Diaghilev l'a envoyée en tant qu'émissaire (même si elle n'est peut-être pas la personne idéale pour ce genre de mission) afin de discuter avec les producteurs de New York, parce qu'il a trop peur des voyages en mer pour se déplacer lui-même.

J'avais également en tête un groom en patins à roulettes. Quel meilleur moyen de remonter à toute vitesse les magnifiques coursives sans fin du *Princess May* ? Je ne m'attendais pas à apprendre que 1909 correspondait justement à l'année où avait culminé la fièvre du patinage qui s'était emparée de la société édouardienne pour une brève période, avec l'ouverture de plus de cinq cents pistes cette année-là et même la tenue d'une coupe du monde en Grande-Bretagne !

Pour créer le *Princess May*, je me suis inspirée à la fois du *Lusitania* (lancé en 1906), de son navire-jumeau le *Mauretania* (1907) et du malheureux *Titanic* (1912). Les salons de ces navires étaient conçus et magnifiquement décorés dans le style édouardien, et les cabines atteignaient un degré de luxe encore jamais vu à bord d'un bateau. Les paquebots étaient propulsés par des turbines à vapeur, beaucoup plus silencieuses et rapides que les vieux moteurs à combustion et explosion, et qui leur permettaient de voyager à une vitesse pouvant atteindre les vingt-cinq nœuds dans l'Atlantique nord. (Le *Mauretania* est d'ailleurs resté détenteur du Ruban bleu vingt années de suite.) Les seules choses qui manquaient aux paquebots de l'époque étaient les stabilisateurs – si bien que par gros temps, on pouvait en effet se trouver très malade !

PAPIER À BASE DE FIBRES CERTIFIÉES

Le Livre de Poche s'engage pour l'environnement en réduisant l'empreinte carbone de ses livres. Celle de cet exemplaire est de :
300 g éq. CO_2
Rendez-vous sur www.livredepoche-durable.fr

« Pour l'éditeur, le principe est d'utiliser des papiers composés de fibres naturelles, renouvelables, recyclables et fabriquées à partir de bois issus de forêts qui adoptent un système d'aménagement durable. En outre, l'éditeur attend de ses fournisseurs de papier qu'ils s'inscrivent dans une démarche de certification environnementale reconnue. »

Édité par la Librairie Générale Française - LPJ
(58 rue Jean Bleuzen, 92170 Vanves)

Composition Nord Compo
Achevé d'imprimer en Espagne par Liberdúplex
Dépôt légal 1re publication octobre 2020
45.2774.8 / 01 - ISBN : 978-2-01-628802-3
Loi n° 49-956 du 16 juillet 1949 sur les publications destinées à la jeunesse
Dépôt légal : octobre 2020